ルブラン ショートセレクション

怪盗ルパン
謎の旅行者

平岡敦 訳　ヨシタケシンスケ 絵

理論社

謎の旅行者

Le mystérieux voyageur

自動車は前日のうちにルーアンに送っておき、ぼくは汽車で行くことにした。ルーアンの駅で車を受け取り、セーヌ河畔《かはん》に住む友人宅《ゆうじんたく》へむかうという手順だ。ところがパリでは発車数分前になって、七人の男性客《だんせいきゃく》がぼくのいたコンパートメントに乗ってきた。そのうち五人が煙草《たばこ》を吸《す》っている。特急列車だから、ルーアンまで長くはかからないけれど、こんな連中が旅の道づれかと思うと気が滅入《めい》った。車両は旧式《きゅうしき》で、通路がないだけになおさらだ。そこでぼくはコートと新聞、時刻表《じこくひょう》を持って、さっさと別のコンパートメントに避難《ひなん》した。

そこにいたのは、女性客《じょせいきゃく》ひとりだった。こちらにちらりと目をやり、困《こま》ったようなそぶりをしたのを、ぼくは見逃《みのが》さなかった。彼女《かのじょ》は、ステップに立っている男のほうに身をのり出した。きっと見送りに来た夫なのだろう。男はぼくをじろじろと眺《なが》めたが、どうやら品定めは合格《ごうかく》だったらしい。怯《おび》えている子供《こども》をはげますかのように、ほほえみながら小声で妻《つま》に話しかけている。妻もにっこりして、愛想よくちらりとぼくを見た。女性にやさしい男だと、ようやくわかってもらえたようだ。ぼくが相手なら、女性がひとり、狭苦《せまくる》しい小部屋で二時間いっしょにすごしても、なにも心配することはない。

夫は女に言った。

「すまないけど、急ぎの待ち合わせがあるんでね。もう行かなくては」

夫は愛情《あいじょう》たっぷりにキスをすると、帰っていった。妻のほうは窓《まど》からそっと投げキッスを送り、ハンカチをふった。

汽笛《きてき》が鳴って、列車が動き出す。

ちょうどそのとき、駅員の制止《せいし》をふり切ってドアをあけ、男がひとり、ぼくたちのコンパートメントに乗りこんできた。女性客はちょうど立ちあがり、網棚《あみだな》に荷物を並《なら》べているところだったが、恐《おそ》ろしそうに声をあげると、座席《ざせき》にたおれてしまった。

ぼくは決して気が小さいほうではないが、こんなふうに発車してから乗ってこれるのは、はっきり言って嫌《いや》なものだ。なにか怪《あや》しげだし、不自然だ。きっとわけありに違《ちが》いない。さもなければ……。

もっとも男の外見や物腰《ものごし》は、最初のふるまいが掻《か》き立てた反感を、むしろ和《やわ》らげるものだった。礼儀《れいぎ》正しく、なかなか上品だ。趣味《しゅみ》のいいネクタイ、清潔《せいけつ》な手袋《てぶくろ》、精悍《せいかん》そうな顔つき……でもこの顔は、どこかで見たことがあるのでは？　そう、間《ま》違《ちが》いない。たしかに見覚えがある。もっと正確《せいかく》に言うならば、本人に会ったことはないけれど、何度も目にしたときの印象が、記憶《きおく》の片隅《かたすみ》に残っているのだ。しかしいくら頭をひねっても、思い出せそうになかった。その記憶はとても曖昧《あいまい》で、ぼんやりしたものだったから。

ところが、女のほうに目をむけてびっくりした。顔色は真っ青で、取り乱《みだ》したような表情《ひょうじょう》をしている。並《なら》んですわった隣《となり》の男を、彼女《かのじょ》は怯《おび》えきったようすで見つめていた。ふと気づくと、彼女の震《ふる》える手が、座席《ざせき》に沿《そ》ってそろそろとのびていく。手は膝《ひざ》から二十センチほど脇《わき》に置いた、小さなボストンバッグに近づいた。ようやく手が届《とど》くと、彼女は大急ぎでバッグを引きよせた。

彼女と目が合うと、そこには不安と恐怖《きょうふ》の色がありありと浮《う》かんでいた。ぼくは思わず、こうたずねずにはいられなかった。

「ご気分が悪いのですか？　窓《まど》をあけましょうか？」

彼女は黙《だま》ったまま、おどおどしたような身ぶりでそっと男を示《しめ》した。彼女の夫と同じように、ぼくも笑って肩《かた》をすくめ、こう合図を送った。なにも心配はいりません、ぼくがついていますから。それにこの男は、害がなさそうだしと。

そのとき男がこちらをふりむき、女とぼくを順番に、頭のてっぺんから爪先《つまさき》までねめつけた。それから自分の席にすわりこんで、あとはじっと動かない。

沈黙《ちんもく》が続いた。必死に力をふりしぼった末なのか、女はほとんど聞きとれないくらいの声で言った。

「ごぞんじですか？　この列車に乗っているのを」

「乗っているって、誰《だれ》が？」

「だから、あの男ですよ……間違《まちが》いありません」

「あの男って？」

「アルセーヌ・ルパンです！」

女は男性客《だんせいきゃく》から目を離《はな》していない。不安を掻《か》き立てるその名前は、ぼくというよりその男にむけられたようだ。

男はぐいっと帽子《ぼうし》を鼻のあたりまでさげた。動揺《どうよう》を隠《かく》すためなのか、それともひと眠《ねむ》りする準備《じゅんび》をしているだけなのか？

ぼくはこう反論《はんろん》した。

「アルセーヌ・ルパンは昨日、欠席裁判《けっせきさいばん》で、二十年の強制労働刑《きょうせいろうどうけい》を言い渡《わた》されたんですよ。だから今日、人前に出てくるような軽率《けいそつ》なまねはしないと思いますがね。それに新聞によれば、サンテ刑務所《けいむしょ》を脱獄《だつごく》したあと、この冬はずっとトルコにいるはずですが」

「この列車に乗っているんです」男性客にも聞かすつもりなのか、女はもう一度はっきりと繰《く》り返した。「夫は刑務課《けいむか》の次長をしています。鉄道公安係の将校《しょうこう》さんが、教えてくれたんですよ。アルセーヌ・ルパンを追跡中《ついせきちゅう》だって」

「だからといって……」

「駅のコンコースで、目撃《もくげき》されたんです。ルーアン行きの一等切符《いっとうきっぷ》を買ったそうです」

「だったら、すぐに捕《つか》まえられたでしょうに」

「姿《すがた》をくらましてしまったんです。待合室の入り口にいた改札係は、ルパンを見かけていません。でも、郊外《こうがい》行きのホームをぐるりとまわって、この列車の十分後に出る急行に乗ったらしいんです」

「じゃあ、そこで捕まるでしょうよ」

「でもぎりぎりになって急行列車を飛び降《お》り、こちらの特急に乗ってきたとしたら……そうかもしれませんよね……きっとそうだわ」

「それならそれで、ここで捕《つか》まりますよ。駅員も警官《けいかん》も、列車から列車へ移《うつ》ったのを見逃《みのが》すはずありませんから。ルーアンに着いたら、しっかりお出迎《でむか》えが待ってます」

「あいつが捕まるもんですか！　きっとまた、逃《に》げる方法を見つけだすに決まってるわ」

「そのときは、よい旅をとでも言ってやりましょう」

「でもルーアンに着くまでに、なにかしでかすかも！」

「なにかといいますと？」

「知るもんですか。どんなことだって、やりかねないわよ！」

彼女《かのじょ》はとても興奮《こうふん》していた。実際《じっさい》、こんな状況《じょうきょう》だから、神経《しんけい》が高ぶるのもいささか無理からぬことだった。

しかたないので、ぼくはこう言っておいた。

「たしかに、奇妙《きみょう》な偶然《ぐうぜん》の一致《いっち》ってことはありますが……でも、心配はいりません。たとえアルセーヌ・ルパンがこの列車のどこかにいるとしても、おとなしくしているはずです。あらたな面倒《めんどう》を引き起こすよりも、身に迫《せま》っている危険《きけん》を避《さ》けることしか考えていないでしょうからね」

そう言われても、彼女は安心できないらしい。それでも少ししゃべりすぎたと思ったのか、じっと黙《だま》りこんだ。

ぼくは新聞を広げ、アルセーヌ・ルパンの裁判記事《さいばんきじ》を読み始めた。すでに知られていることしか書いていないので、さほど興味《きょうみ》は引かなかったけれど。それに寝不《ねぶ》足《そく》で疲《つか》れていたので、たちまち瞼《まぶた》が重くなり、頭が傾《かたむ》いてきた。

「ねえ、お眠《ねむ》りにならないで」

女はぼくの手から新聞をひったくり、怒《おこ》ったような目でこっちを見た。

「眠っちゃいませんよ」ぼくは答えた。「ちっとも眠くなんかない」

「本当に無用心ですよ」と彼女が言う。

「ええ、本当にね」とぼくは繰《く》り返した。

ぼくは外の景色、空にたなびく大きな雲を見つめ、必死に眠気《ねむけ》と闘《たたか》った。やがて、なにもかもがぼやけてくる。不安そうな女と、まどろんでいる男性客《だんせいきゃく》の姿《すがた》が意識《いしき》からすっと遠のき、あとはただ深く静かな眠りが広がるばかりだった。

浅い、とぎれとぎれの夢《ゆめ》を見ていた。夢のなかにはアルセーヌ・ルパンという名の男が登場して、大活躍《だいかつやく》していた。財宝《ざいほう》を担《かつ》いで地平線を駆《か》けまわり、壁《かべ》を抜《ぬ》けて城《しろ》を荒《あ》らしている。

けれどもそのシルエットは、もうアルセーヌ・ルパンではない。徐々《じょじょ》にはっきりと、大きくなりながら、ぼくのほうにむかってくる。そしてひらりと列車に飛び乗り、ぼくの胸《むね》にのしかかってきた。

苦しくてたまらず……悲痛《ひつう》な叫《さけ》びがもれた。はっと目を覚ますと、あの旅行客がぼくの胸に膝《ひざ》を押《お》しつけ、首をしめていた。

目が充血《じゅうけつ》して、はっきりと見えない。コンパートメントの隅《すみ》では、女が神経《しんけい》の発《ほっ》作《さ》を起こし、体を引きつらせている。ぼくは抵抗《ていこう》しようともしなかった。そもそも手をふり払《はら》おうにも、そんな力は残っていなかったろう。こめかみがずきずきして、息がつまり、喘《あえ》ぎ声がもれる……このままあと一分も続いたら、窒息死《ちっそくし》だ。

男もそれを感じ取ったらしく、しめつけた力をゆるめた。そのまま右手で輪になった細紐《ほそひも》をつかみ、両手首をすばやく巻《ま》きつける。たちまちぼくは縛《しば》りあげられ、猿《さる》ぐつわを噛《か》まされた。

実に手際《てぎわ》のいい仕事ぶりだった。泥棒《どろぼう》や人殺しに通じたその道のプロらしく、やすやすとやってのけた。ひと言もしゃべらず、興奮《こうふん》したそぶりひとつ見せず、冷静にして大胆《だいたん》に。ぼくはといえば、ミイラみたいにぐるぐる巻きにされ、座席《ざせき》に転がされている。このぼく……アルセーヌ・ルパンが！

これじゃあ、笑われてもしかたない。ことは深刻《しんこく》だけれども、皮肉で滑稽《こっけい》ないまの状況《じょうきょう》を、自分でも面白がらずにはおれなかった。アルセーヌ・ルパンが素人《しろうと》みたいに手玉に取られ、いいカモだとばかりに身ぐるみ剥《は》がされてしまったんだから！

そう、もちろんこの悪党《あくとう》は、ぼくから財布《さいふ》とブリーフケースも奪《うば》い取った！　今度はアルセーヌ・ルパンがしてやられる番だとは……とんだことになったものだ！

まだ女のほうが残っている。けれどもやつは女には目もくれなかった。ただ床《ゆか》に落ちていた小さなショルダーバッグを拾いあげ、宝石《ほうせき》、財布、金銀製《きんぎんせい》の小物を抜《ぬ》き取っただけだった。女は片目《かため》をあけると、ぶるっと震《ふる》えあがった。そして余計《よけい》な手間を取らせまいとするかのように、指輪をはずして差し出した。男は指輪を受け取った。見ると、もう女は気を失っていた。

男はぼくたちのことなど、気に留《と》めていなかった。あいかわらず落ちつきはらい、黙《だま》って席に戻《もど》ると、煙草《たばこ》に火をつけた。そして手に入れたお宝《たから》を、じっくり値踏《ねぶ》みし始めた。結果は上々《じょうじょう》だったらしい。

もちろんぼくの気分は、あまり上々とは言いがたかった。不当に奪われた一万二千フランの話じゃない。そんな損失《そんしつ》は一時的なものだ。あの一万二千フランは、遠からず取り戻《もど》すつもりだから。ブリーフケースに入っていた大事な書類――計画表、見積書、住所録、通信員のリスト、門外不出の手紙類も、取られっぱなしになどしておくものか。けれどもいまは、もっとさし迫《せま》った深刻《しんこく》な心配事があった。

これからいったいどうなるのか？　それが問題だ。

もちろんぼくだって、サン＝ラザール駅で引き起こした騒《さわ》ぎのことはよくわかっている。その日招待《しょうたい》されていた友人宅《ゆうじんたく》へは、ギヨーム・ベルラという名でよく遊びに行っていた。友人はぼくがアルセーヌ・ルパンに似《に》ていると言って、冗談《じょうだん》のたねにしていたので、好きなように変装《へんそう》もできなかった。だから駅にいたのを、気づかれてしまったのだ。それに急行から特急に乗り移《うつ》った客がいたのも、目撃《もくげき》されているだろう。もちろんその男は、アルセーヌ・ルパンに決まっている。すると当然のことながら、ルーアンの警察署長《けいさつしょちょう》に電報《でんぽう》で知らせが届《とど》く。署長は多数の警官《けいかん》を動員して列車の到着《とうちゃく》を待ちかまえ、不審《ふしん》な乗客に訊問《じんもん》し、車両のなかを徹底的《てっていてき》に調べるに違《ちが》いない。

そこまではぼくも予想ずみだったけれど、さほど心配はしていなかった。どうせルーアンの警察《けいさつ》だって、おつむのほどはパリの警察と五十歩百歩だろう。見とがめられずに検問《けんもん》を通り抜《ぬ》けるなんて、わけないことだ。サン＝ラザール駅の改札係には、代議士の身分証《みぶんしょう》を見せて信用させた。またあの手を使えば、充分《じゅうぶん》じゃないか？　そう思っていたのに、すっかり予定が狂《くる》ってしまった！　自由を奪《うば》われ、得意技《とくいわざ》はひとつも発揮《はっき》できない。かくしてルーアンの警察署長《しょちょう》は、一台の客車にかのアルセーヌ・ルパンを見つけることになる。どんな偶然《ぐうぜん》のなりゆきか、おあつらえむきに手足を縛《しば》られた、子羊のようにおとなしいルパンを。あとは連れ帰るだけでいい。狩《か》りの獲物《えもの》か、野菜や果物を入れたかごみたいに、駅留《えきど》めで送られてきた郵便小包《ゆうびんこづつみ》を受け取るだけでいいのだ。

こんな嬉《うれ》しくもない事態《じたい》を避《さ》けるために、いったいなにができるだろう？　紐《ひも》で厳重《げんじゅう》に縛りあげられている身で。

そうこうするうちにも、特急列車はヴェルノンとサン＝ピエールを通過《つうか》し、ルーアンへとまっしぐらに進んでいった。

もうひとつ、気になっている問題がある。ぼくに直接《ちょくせつ》は関係ないが、仕事柄《しごとがら》、切り抜《ぬ》け方には興味《きょうみ》がある。そう、この男は、いったいどうやって逃《に》げるつもりなのか？

ここにいるのがぼくひとりなら、やつはルーアンに着いても、ゆっくりと降《お》りる時間があるだろう。でも、女はどうする？　いまはおとなしくしているけれど、列車のドアがあいたとたん、悲鳴《ひめい》をあげて暴《あば》れまわり、助けを呼《よ》ぶに違《ちが》いない！

そこがなんとも不可解《ふかかい》な点だった。どうして女のほうもぼくと同じように、身動き取れないようにしないのだろう？　そうすれば二重の悪事が発覚しないうちに、姿《すがた》を消す暇《ひま》があるだろうに。

男はあいかわらず煙草《たばこ》をふかしながら、窓《まど》の外にじっと目をむけている。さっきまではためらいがちに降《ふ》っていた雨が、大きな斜《なな》め模様《もよう》を描《えが》き始めた。男は一度だけふり返り、ぼくの時刻表《じこくひょう》を手に取ってなにか調べた。

女のほうは敵《てき》を安心させようというのか、無理に気絶《きぜつ》を続けている。でも煙草の煙《けむり》にむせ返っているところを見ると、本当に気を失っているわけではないらしい。ぼくはといえば縛《しば》られているのが窮屈《きゅうくつ》で、もうくたくただった。けれども頭だけは働かせ……計画を練っていた。

ポン=ド=ラルシュ、ワセル……特急列車はスピードに酔《よ》いしれ、陽気に飛ばしている。

サン=テチエンヌを過《す》ぎたちょうどそのとき、男は立ちあがって、二、三歩ぼくらに近づいた。女はあわてて悲鳴《ひめい》で応《おう》じると、本当に気絶《きぜつ》してしまった。

それにしても、やつの目的はなんなのだろう？　男はぼくたちの側のガラス窓《まど》をおろした。雨はすっかりどしゃぶりになっている。男は傘《かさ》もレインコートもないので、困《こま》っているようだった。網棚《あみだな》に目をやると、女の晴雨兼用傘《せいうけんようがさ》がある。男はそれをつかみ、ぼくのレインコートを着こんだ。

ちょうどセーヌ川を渡《わた》っているところだった。男はズボンの裾《すそ》をたくしあげ、身を乗りだして外側の掛《か》け金をはずした。

線路に飛び降《お》りるつもりだろうか？　けれどもこのスピードでは、とても無事ではいられまい。列車はサント＝カトリーヌの丘《おか》のトンネルに入った。男はドアを少しあけ、片方《かたほう》の足でステップの最上段《さいじょうだん》を捜《さが》している。狂気《きょうき》の沙汰《さた》だ！　うまくいきっこない。闇《やみ》と煙と騒音《そうおん》のせいで、いっそう現実離《げんじつばな》れした、無謀《むぼう》なくわだてに感じられた。ところが突然《とつぜん》、列車のスピードがゆるんだ。車輪の回転に逆《さか》らって、ブレーキが作動したのだ。ものの一分で通常《つうじょう》の速度まで落ち、さらに減速《げんそく》は続いた。おそらくトンネルのこのあたりで、補強工事《ほきょうこうじ》が計画されているのだろう。そのせいで数日前から列車が徐行運転《じょこううんてん》をしているのを、男は知っていたのだ。

あとはもう一方の足もステップに乗せ、次のステップに降りて、そっと汽車から立ち去るだけだ。もちろんその前にドアを閉《し》め、掛け金もきちんとかけていった。男が姿《すがた》を消すや、トンネルの出口から射《さ》しこむ光が煙を白く照らし、列車は谷間《たにあい》に出た。さらにもうひとつトンネルを抜《ぬ》けると、列車はルーアンに近づいた。

ほどなく女が意識《いしき》を取り戻《もど》した。そしてさっそく、宝石《ほうせき》を盗《ぬす》まれた泣き言が始まった。もっと先にすることがあるでしょうに、とぼくは目で合図を送った。彼女《かのじょ》はわかってくれたらしく、口をふさいでいた猿《さる》ぐつわをはずしてくれた。さらに縛《しば》っている細紐《ほそひも》もほどこうとしたけれど、ぼくはそれを止めた。

「ちょっと待って。ありのままの状態《じょうたい》で、警察《けいさつ》に見てもらったほうがいい。あの悪《あく》党《とう》について、少しでも手がかりを残したいんでね」

「非常《ひじょう》ベルを鳴らしましょうか？」

「もう遅《おそ》すぎます。どうせなら、やつがぼくを襲《おそ》っているときに、そうして欲《ほ》しかったな」

「そんなことしたら、殺されてしまったわ！　ああ、だから言ったじゃないですか。あの男が列車に乗っているって！　あいつだって、すぐにわかったのよ。写真で見たから。そのあげく、宝石《ほうせき》まで奪《うば》われてしまって」

「捕《つか》まえますから、心配しないで」

「捕まえるですって！　アルセーヌ・ルパンを！　できるはずないわ」

「それはあなたしだいですよ。いいですか、駅に着いたらすぐに、ドアのところで大声をあげるんです。警官《けいかん》や駅員が駆《か》けつけてくるでしょう。そうしたら、あなたが見たことを説明してください。ぼくが襲われた話や、アルセーヌ・ルパンが逃《に》げていった方法について、手短にね。やつの服装《ふくそう》も言ったほうがいい。ソフト帽《ぼう》に傘《かさ》。傘はあなたのですけど。それにグレーで細身のレインコート」

「レインコートはあなたのね」

「わたしのですって？　違《ちが》いますよ、やつのです。わたしはレインコートなんか、着ていませんでしたから」

「でも列車に乗りこんできたとき、たしかあの男も着ていなかったような」

「いえ、いえ……もしかすると、網棚《あみだな》にあった忘《わす》れ物かもしれません。ともかくやつは、レインコートを着て列車を降《お》りた。重要なのはその点です……。グレーで細身のレインコートです。忘れないで……ああ、それから、すぐにあなたの名前をおっしゃい。ご主人の肩書《かたが》きを聞けば、みんな張《は》り切るでしょうから」

列車が駅に入った。女はもうドアから身を乗り出している。彼女《かのじょ》の頭にしっかり刻《きざ》みこまれるよう、ぼくは少し大声で、ほとんど命令口調で繰《く》り返した。

「ぼくの名前も言ってください。ギョーム・ベルラです。なんなら、知り合いだということにしてもいい……そのほうが、手っ取り早いでしょう。予備的《よびてき》な捜査《そうさ》は、すっとばさないと。問題はルパンの追跡《ついせき》ですから……ルパンと、あなたの宝石《ほうせき》と。おぼえましたね？　ギョーム・ベルラ、ご主人の友人です」

「大丈夫《だいじょうぶ》……ギョーム・ベルラさんね」

彼女はもう声をあげ、手を振《ふ》りまわしていた。まだ完全に停車しないうちから男がひとり、たくさんの部下を引き連れ、乗りこんできた。ここからが大事なところだ。

女が息を切らしながらこう叫《さけ》ぶ。

「アルセーヌ・ルパンに……襲《おそ》われたんです。宝石《ほうせき》を奪《うば》っていきました。わたしはルノーといって……夫は刑務課《けいむか》の次長です。ああ、ちょうどあそこに、弟のジョルジュ・アルデルがいるわ。ルーアン銀行の重役よ……ご存知《ぞんじ》でしょう……」

こちらにやって来た若《わか》い男に、彼女はキスをした。警察署長《けいさつしょちょう》も彼《かれ》に会釈《えしゃく》をする。

ルノー夫人は涙《なみだ》ながらにこう続けた。

「ええ、アルセーヌ・ルパンが、眠《ねむ》っているこの方の胸《むな》もとに飛びかかって……ベルラさんといって、夫の友人なんですけど」

署長がたずねる。

「でも、どこなんです、ルパンは？」

「セーヌ川を渡《わた》ったところのトンネルで、列車から飛び降《お》りました」

「たしかにやつでしたか？」

「間違《まちが》いありませんわ！　ルパンだって、はっきりとわかりました。それにサン＝ラザール駅でも、目撃《もくげき》されていたんですから。ソフト帽《ぼう》をかぶっていました」

「それは違うな……かっちりとしたフェルト帽ですよ。そう、この帽子のような」

と言って署長は、ぼくの帽子を指さした。

「でも、ソフト帽《ぼう》だったんです。絶対《ぜったい》に」ルノー夫人は繰《く》り返した。「それにグレーで細身のレインコート」

「たしかに電報《でんぽう》では、黒いビロードの襟《えり》がついた、グレーで細身のレインコートと言っていた」と署長《しょちょう》はつぶやいた。

「黒いビロードの襟。そのとおりだわ」とルノー夫人は勝ち誇《ほこ》ったように叫《さけ》んだ。

ぼくはほっとため息をついた。やれやれ！　本当に頼《たよ》りがいのある味方を得たもんだ！

そのあいだにも、警官《けいかん》たちがいましめをほどいてくれた。ぼくはわざと思いきり唇《くちびる》を噛《か》んで、血を流した。そして体を二つに折り曲げ、口にハンカチを当てた。長時間、窮屈《きゅうくつ》な姿勢《しせい》を強《し》いられ、顔は猿《さる》ぐつわのせいで血がにじんでいる人なら、そんなかっこうでも無理ないはずだ。それからぼくは、弱々しい声で署長に言った。

「署長さん、あれはアルセーヌ・ルパンでした。間違《まちが》いありません……急いでやつを捕《つか》まえましょう。ぼくも少しはお役に立てるはずです……」

警察《けいさつ》の捜査《そうさ》が入る車両が切り離《はな》され、残りの列車はそのままル・アーヴルにむかった。ぼくたちはホームにごった返す物見高い群集《ぐんしゅう》のあいだを抜《ぬ》けて、駅長室に案内された。

ぼくは一瞬《いっしゅん》ためらった。適当《てきとう》な口実を作ってその場を離れ、駅にまわしてあった車に乗って、おさらばすることもできた。ここには危険《きけん》が待っている。なにか不測《ふそく》の事態《じたい》が起こるか、パリから電報《でんぽう》が届《とど》くかしたらおしまいだ。

そう、でもあの泥棒《どろぼう》はどうする？　あまりなじみのない土地で、頼れるものといえば自分の腕《うで》一本。それじゃあ、あいつを捕まえられそうもない。

（よし！　ここは一発、勝負に出てみよう）とぼくは思った。（勝ち目は少ないかもしれないが、面白い試合になりそうだぞ！　それに賭《か》け金だって、やってみるだけの価値《かち》はある）

いちおう供述《きょうじゅつ》をもう一度繰《く》り返して欲《ほ》しいと言われ、ぼくはこう叫んだ。

「署長さん、いまはアルセーヌ・ルパンに引き離されていますけど、駅前に自動車が置いてあるんです。それに乗って追いかければ、なんとか……」

署長《しょちょう》はしたたかそうに、にやりとした。

「なかなかいいお考えだ……いや、本当に。だからもう、実行に移《うつ》してます」

「ほう！」

「そうですとも。警官《けいかん》が二人、すでに自転車で出発してます……もう、だいぶ前にね」

「でも、どこへ？」

「トンネルの出口ですよ。そこで手がかりや目撃証言《もくげきしょうげん》を集め、ルパンのあとを追うんです」

ぼくは思わず肩《かた》をすくめた。

「その二人は、手がかりも目撃証言も得られないでしょう」

「そうかね！」

「ルパンのことですから、トンネルから出るところを誰《だれ》にも見られないよう、手はずを整えていたはずです。いちばん手近な街道を通って、そこから……」

「そこからルーアンにやって来て、たちまち御用《ごよう》という寸法《すんぽう》だ」

「ルーアンには来ませんね」

「だったら、周辺に隠《かく》れているかだな。それなら、なおさら確実《かくじつ》に……」

「周辺に隠れているってこともありません」

「おやおや！　じゃあ、どこに身を隠すっていうんです？」

ぼくは懐中時計《かいちゅうどけい》を取り出した。

「この時間、ルパンはダルネタル駅の近くを歩いています。そして十時五十分、つまりあと二十二分後に、ルーアンの北駅を出てアミアンへ行く列車に乗ります」

「本当に？　どうしてわかるんです？」

「ああ！　簡単《かんたん》な話ですよ。コンパートメントでルパンはぼくの時刻表《じこくひょう》を調べていました。どうしてでしょう？　姿《すがた》をくらます場所の近くに、別の路線があるかどうか、その路線に駅があるかどうか、駅に止まる列車があるかどうか、考えていたんです。だからぼくも、時刻表《じこくひょう》を調べてみました。それで、わかったんです」

「実に見事な推理《すいり》だ」と署長《しょちょう》は言った。「あなた、なかなかやりますな！」

自信過剰《じしんかじょう》のあまり、不覚にも頭の冴《さ》えを見せすぎてしまった。署長はびっくりしてぼくを見つめている。きっと少しばかり疑《うたが》いの心が、頭をもたげているのだろう。

でもどうせ、ほんの少しに決まってる！　検事局《けんじきょく》からばらまかれた写真は不完全で、そこに写っているアルセーヌ・ルパンと、いま署長の目の前にいる男とは、お世辞にも似《に》ているとは言いがたい。だから、ぼくだと気づくわけもない。それでも署長はまだ腑《ふ》に落ちず、漠然《ばくぜん》とした不安にかられているようだ。

しばらく沈黙《ちんもく》が続いた。なんとなくすっきりしない重苦しい雰囲気《ふんいき》から、二人とも黙《だま》りこんでしまった。気づまりのあまり、体が震《ふる》えだす。いよいよ運も尽《つ》きたのか？　ぼくは必死に自分を抑《おさ》え、笑って見せた。

「いやあ、奪《うば》われたブリーフケースを取り返したい一心で、知恵《ちえ》を絞《しぼ》ったんですよ。おたくの警察官《けいさつかん》を二人つけていただければ、いっしょに……」

「ああ！　わたしからもお願いしますわ、署長さん」とルノー夫人が言った。「ぜひ、ベルラさんのおっしゃるとおりにしてください」

頼《たよ》りがいのある味方の口ぞえは、効果《こうか》てきめんだった。有力者夫人が言うのだから、ベルラという名前もでたらめじゃないだろう。これでぼくの身もとに、疑わしいところはなくなった。署長は立ちあがった。

「それではベルラさん、ぜひともがんばってください。アルセーヌ・ルパンを捕《つか》まえたいという気持ちは、あなたもわたしも同じですから」

署長の案内で自動車にむかい、紹介《しょうかい》された二人の警官、オノレ・マッソルとガストン・ドリヴェといっしょに乗りこんだ。ぼくが運転席につくと、整備工《せいびこう》が始動クランクをまわした。ほどなく、ぼくたちは駅をあとにしていた。とりあえず、第一関門は脱《だっ》したぞ。

ノルマンディーの古都をめぐる大通りを、三十五馬力のモロー＝レプトンで走り抜《ぬ》けたとき、ぼくは正直いささか得意だった。エンジンは快調《かいちょう》にうなり声をあげている。左右に立ち並《なら》ぶ木々は、たちまち背後《はいご》に走り去った。ぼくは自由で、身の危《き》険《けん》もない。あとは二人の誠実《せいじつ》な官憲《かんけん》の助けを借りて、ささやかな私用《しよう》を片《かた》づけるだけだ。アルセーヌ・ルパンはいま、アルセーヌ・ルパンを追っている！

社会秩序《しゃかいちつじょ》のつつましき守護者《しゅごしゃ》たるガストン・ドリヴェとオノレ・マッソル、きみたちの助力がぼくにはどれほど貴重《きちょう》なことか！　きみたちがいなかったら、ぼくになにができたろう？　きみたちがいなければ、いくど交差点で道を間違《まちが》えたことか！　きみたちがいなければ、アルセーヌ・ルパンは失態《しったい》を演《えん》じ、敵《てき》は逃《に》げ去ってしまったに違いない！

けれども、すべてが終わったわけじゃない。それどころか、ぼくはこれからあいつを捕《つか》まえ、奪《うば》われた書類を自分ひとりで取り返さねばならないのだ。どうしてもあの書類は、二人の協力者の目に触《ふ》れさせてはいけない。ましてや彼《かれ》らに書類を持っていかれたりしたら、大変なことになる。つまり二人をうまく使いながら、彼らに見えないところで行動するという、離《はな》れ業《わざ》をやってのけねばならないのだ。

ダルネタルに着いたのは、列車が発車した三分後だった。黒いビロードの襟《えり》がついた、グレーで細身のレインコートを着た男が、アミアンまでの切符《きっぷ》を買って二等のコンパートメントに乗ったのをたしかめ、ぼくは心底ほっとした。警官役《けいかんやく》としては、なかなか幸先《さいさき》のいいスタートだ。

ドリヴェがぼくに言った。

「急行列車なので、次はモンテロリエ＝ビュシーまで止まりません。到着《とうちゃく》は十九分後です。先まわりできないと、ルパンはそのままアミアンへむかうか、クレール方面に乗り換《か》えて、ディエップかパリへ行ってしまいます」

「モンテロリエまでの距離《きょり》は？」

「二十三キロです」

「十九分で二十三キロか……よし、先に着けるぞ」

わくわくするようなドライブだった！　忠実《ちゅうじつ》なる愛車モロー＝レプトンも、これほど熱心で的確《てきかく》に、ぼくのはやる気持ちに応《こた》えてくれたことはなかった。まるで変速レバーやハンドルをすっとばし、じかに気持ちが伝わっていくようだ。車はぼくと心をひとつにし、無理も聞いてくれた。あのいんちきルパンに対する怒《いか》りを、車はよく理解《りかい》していたのだ。薄汚《うすぎたな》い悪党《あくとう》め！　ぼくはあいつに勝てるだろうか？　それともやつはまたしても、官憲《かんけん》を出し抜《ぬ》くのだろうか？　いまやこのぼくが、その先頭に立つ官憲を。

「右に曲がって！」とドリヴェが叫《さけ》ぶ。「次は左……そのまままっすぐ！」

車は飛ぶように走った。標石《ひょうせき》は小さな獣《けもの》のように、ぼくらが近づくと怯《おび》えて次々に消え去っていく。

突然《とつぜん》、曲がり道のところに、渦巻《うずま》く煙《けむり》が見えた。北行きの急行列車だ。

そこから一キロは、汽車と並《なら》んで競争だった。スピードの差は歴然としている。

結果は明白だ。ぼくたちは、車二十台分も差をつけてゴールに入った。

ぼくたちはほんの数秒でホームに駆《か》けつけ、二等車の前に行った。ドアがあいて、数人の乗客が降《お》りてくる。けれども、あの強盗《ごうとう》はいない。コンパートメントもひととおり調べてみたが、アルセーヌ・ルパンはいなかった。

「しまった！」とぼくは叫んだ。「きっと列車の脇《わき》を走っていたとき、車を運転するぼくに気づいて、早めに飛び降りたんだ」

車掌《しゃしょう》の証言《しょうげん》が、この推測《すいそく》を裏《うら》づけた。駅の手前二百メートルのところで、線路脇の土手に沿《そ》って男が転がり落ちるのを見たという。

「ほら、あそこ……踏《ふ》み切りを渡《わた》っている男です」

二人の協力者をしたがえ、ぼくは走り出した。いや、したがえたのは、二人のうちのひとりだった。というのもマッソルのほうは、体力もスピードも兼《か》ね備《そな》えたすばらしいランナーであることを、証明《しょうめい》して見せたから。マッソルと逃亡者《とうぼうしゃ》との距離《きょり》は、またたく間に縮《ちぢ》んでいった。男は追っ手に気づくと生垣《いけがき》を乗り越《こ》え、大急ぎで土手に駆けより、よじのぼった。男はさらに遠ざかり、小さな森に入っていく。

ぼくたちが森に着くと、マッソルが待っていた。それ以上深追いをして、ぼくたちとはぐれてはいけないと思ったのだ。

「すばらしい追跡《ついせき》でしたよ」とぼくはマッソルを褒《ほ》め称《たた》えた。「あんなに走ったあとだから、やつはきっと息を切らしているに違《ちが》いない。そこを捕《つか》まえればいいんです」

ぼくは周囲を見まわしながら、ひとりでやつを捕まえる方法を考えた。自分の手で、あの書類を取り返さねば。いったん警察《けいさつ》の手に渡《わた》ったら、さんざん不愉快《ふゆかい》な取り調べを受けたあとでないと、返してはもらえないだろうから。ぼくは二人のところへ戻《もど》った。

「それじゃあ、こうしましょう。簡単《かんたん》な計画です。マッソルさん、あなたは左、ドリヴェさんは右に立って、森の裏側《うらがわ》を見張《みは》ってください。やつが出てくれば、必ず気づくはずです。ほかに通り道は、この窪《くぼ》んだ小道しかありません。ぼくがそこを見張ります。もしやつが出てこなければ、こちらから入っていって右か左に追い出します。そこを捕まえればいいんです。ああ、そうそう！　緊急《きんきゅう》の場合は、銃《じゅう》を撃《う》って知らせることにしましょう」

マッソルとドリヴェは離《はな》れて行き、それぞれの持ち場についた。二人が見えなくなると、ぼくはすぐさま森に入った。姿《すがた》を見られず、足音も聞かれないよう、充分《じゅうぶん》に注意しながら。そこは狩《か》りをするために整えた深い藪《やぶ》で、緑のトンネルを抜《ぬ》けるように腰《こし》をかがめないと歩けないような、細い小道が走っていた。

一本の小道をたどっていくと、空き地に出た。湿《しめ》った草に足跡《あしあと》がついている。ぼくはそれを追って、そっと茂《しげ》みを抜《ぬ》けた。足跡の続く先は小さな丘《おか》で、そのふもとに半《なか》ば崩《くず》れかけた漆喰壁《しっくいかべ》の小屋が立っていた。

(あのなかだな)とぼくは思った。(あたりを見張るにはうってつけの場所だ)

小屋の近くまで這《は》い進んでいった。かすかに物音がするのは、やつがいる証拠《しょうこ》だ。隙間《すきま》からのぞくと、背中《せなか》をむけた男の姿が見えた。

ぼくはいっきに飛びかかった。男は手に持った拳銃《けんじゅう》を、こちらにむけようとした。けれどもぼくはその暇《ひま》を与《あた》えず、ねじあげた腕《うで》が体の下敷《したじ》きになるようにして、男を地面に押《お》し倒《たお》した。そのうえから、膝《ひざ》で胸《むね》をおさえつける。

「いいか、よく聞け」とぼくは男の耳もとでささやいた。「おれはアルセーヌ・ルパンだ。いますぐおとなしく、おれのブリーフケースと女のバッグを返すんだ……そうすれば、おまわりに突《つ》き出すのは勘弁《かんべん》してやる。おれの仲間にしてやってもいいぞ。ウイかノンか、さあ、どっちだ?」

「ウイ」と男は小声で言った。

「いいだろう。今朝の手並《てな》みはみごとだったぜ。仲よくしよう」

ぼくが立ちあがると、男はポケットに手を入れ、大きなナイフを取り出し襲《おそ》いかかって来た。

「馬鹿者《ばかもの》め!」とぼくは叫《さけ》んだ。

片手《かたて》で攻撃《こうげき》をかわし、もう一方の手で男の頚動脈《けいどうみゃく》に強烈《きょうれつ》な一撃《いちげき》を加える。いわゆる空手チョップという技《わざ》だ。男は卒倒《そっとう》した。

ブリーフケースのなかを調べ、書類と札を確認《かくにん》した。気になって男のカバンもあけてみると、彼《かれ》に宛《あ》てた封筒《ふうとう》があった。宛名《あてな》はピエール・オンフレーとある。

ぼくは思わずぞっとした。ピエール・オンフレーといえば、オートゥイユのラフォンテーヌ通りで起きた殺人事件《さつじんじけん》の犯人《はんにん》じゃないか！　デルボア夫人と二人の娘《むすめ》を、ずたずたに切り裂《さ》いた殺人犯だ。男の顔をのぞきこんでみる。なるほど、コンパートメントで前に見たような気がしたのは、そのせいだったのか。

いつまでもこうしてはいられない。ぼくは封筒に百フラン札を二枚《まい》と名刺《めいし》を入れた。名刺には、こう書いておいた。

よき同僚《どうりょう》オノレ・マッソルとガストン・ドリヴェに、感謝《かんしゃ》のしるしとして。

アルセーヌ・ルパンより。

すぐ目につくように、それを部屋《へや》の真ん中に置き、脇《わき》にはルノー夫人のバッグも並《なら》べておいた。ぼくを救ってくれた頼《たよ》りがいのある味方に、お返ししないわけにはいかないからな。

正直に告白すれば、めぼしいものはすべて抜《ぬ》き取り、バッグに残っているのはべっこうの櫛《くし》一枚《まい》と、からっぽの小銭《こぜに》入れだけだったけれど。仕方ないさ！　仕事は仕事。おまけにご亭主《ていしゅ》の職業《しょくぎょう》ときたら、あまり褒《ほ》められたものじゃないからな……。

残るはこの男だ。見れば、もぞもぞと動き始めている。こいつをどうしようか？

ぼくには、助ける資格《しかく》も処罰《しょばつ》する資格もない。

ぼくは男の武器《ぶき》を取りあげ、拳銃《けんじゅう》を一発空にむけて撃《う》った。

（すぐにあの二人がやって来る）とぼくは思った。（こいつは自分で、身の始末をつければいい！　どう転がるかは、こいつの運しだいだ）ぼくは窪《くぼ》んだ小道を通り、駆《か》け足で遠ざかった。

二十分後、追跡中《ついせきちゅう》に目をつけておいた近道を抜けて自動車に戻《もど》った。

四時、ルーアンの友人に電報《でんぽう》を打ち、よんどころない事情《じじょう》があって訪問《ほうもん》を延期《えんき》すると連絡《れんらく》した。しかしぼくのことは、彼《かれ》らの耳にも入っているはずだ。だからここだけの話、訪問は無期延期せざるをえない。みんな、さぞかしがっかりだろう！

リラダン、アンジャン、ポルト・ビノーを通って、六時にパリに戻った。夕刊《ゆうかん》を見ると、ピエール・オンフレーがついに逮捕《たいほ》されたという記事が出ていた。

翌日《よくじつ》、『エコー・ド・フランス』紙には、こんなセンセーショナルな記事が載《の》った。そう、巧妙《こうみょう》な宣伝《せんでん》のもたらす効果《こうか》は、なかなか馬鹿《ばか》にならないものなのである。

昨日、ビュシー近郊《きんこう》で、アルセーヌ・ルパンは数々の事件《じけん》をへたのち、ピエール・オンフレーを捕《と》らえるに到《いた》った。ラフォンテーヌ通りの殺人犯《さつじんはん》は、パリからル・アーヴルにむかう列車のなかで、刑務課次長《けいむかじちょう》ルノー氏の夫人から金品を奪《うば》った直後だった。アルセーヌ・ルパンはルノー夫人に宝石《ほうせき》の入ったバッグを返し、この逮捕劇《たいほげき》に力を貸《か》した二人の警官《けいかん》にも、たっぷりと謝礼《しゃれい》をはずんだのである。

赤い絹のショール

L' écharpe de soie rouge

その朝、警視庁刑事部《けいしちょうけいじぶ》の主任警部《しゅにんけいぶ》ガニマールは職場《しょくば》にむかうため、いつもの時間に家を出た。するとペルゴレーズ通りで、前を歩いている男が奇妙《きみょう》なふるまいをしているのに気づいた。

十一月だというのに麦わら帽子《ぼうし》をかぶり、みすぼらしいなりをした男だった。五、六十歩進むごとに身をかがめ、靴《くつ》ひもを結びなおしたり、落としたステッキを拾ったりしては、そのたびにポケットからオレンジの皮のかけらを取り出し、歩道の端《はし》にそっと置いている。

ただの子供《こども》じみた悪戯《いたずら》か、いっぷう変わった癖《くせ》なのだろうと、ふつうなら誰《だれ》も気に留《と》めないところだが、ガニマールは違《ちが》っていた。仕事柄《しごとがら》、いつも周囲に目を光らせ、なにごともゆるがせにしない。隠《かく》された理由《わけ》を突《つ》き止めるまでは、決して満足できないたち、、なのだ。そこで彼《かれ》は、男のあとをつけ始めた。

ところがグラン=ダルメ大通りに入って右に曲がったとき、ガニマールははっとした。なんと男が十二歳《さい》くらいの少年と、合図を交わしているではないか。少年は左側の家並《いえな》みに沿《そ》って、男と同じ方向へ歩いていた。

男は二十メートルほど先で身をかがめ、ズボンのすそをめくった。あとにはオレンジの皮が残されている。すると少年が立ち止まり、傍《かたわ》らの家に白いチョークで丸にバツの印をつけた。

男と少年は歩き続けた。一分後、二人は再《ふたた》び立ち止まった。男がピンを拾い、オレンジの皮を置くと、またもや少年は家の外壁《がいへき》に丸にバツの印をつけた。

(こいつは驚《おどろ》いた)と主任警部はうきうきしながら思った。(さて、どうしたものか……悪党《あくとう》どもめ、いったいぜんたいなにを企《たくら》んでいるんだ?)

《悪党ども》はフリードラン大通りからサン=トノレ大通りへと下っていったけれど、ことさら目を引くようなことはなにもなかった。

二人はほぼ規則的《きそくてき》な間隔《かんかく》で、件《くだん》の作業を繰《く》り返した。とはいえ男がオレンジの皮を置くのは、印をつける家を選んだあとだった。そして少年のほうも、男の合図を確認《かくにん》してから印を書きこんでいる。

なるほど、しめし合わせているのは明らかだぞ。そうとわかると主任警部《しゅにんけいぶ》は、彼《かれ》らの行為《こうい》にがぜん興味《きょうみ》を掻《か》き立てられた。

ボーヴォー広場まで来ると男はしばらくためらっていたが、やがて意を決したようにズボンのすそを二度、あげてはおろした。すると少年は歩道の端《はし》にすわり、内《ない》務省《むしょう》の入り口に立つ衛兵《えいへい》の前で、丸にバツの印を二つ、縁石《えんせき》に書きつけた。

大統領官邸《だいとうりょうかんてい》になっているエリゼ宮の前でも、同じやり取りが行われた。ただし官邸の衛兵が往復《おうふく》する歩道に書かれた印はさらにひとつ増《ふ》え、三つになっていた。

「どういう意味なんだろう?」とガニマールはつぶやいた。興奮《こうふん》のあまり、顔が青ざめている。謎《なぞ》めいた事件《じけん》が起きるたび、決まってそうするように、彼はわれ知らず宿敵《しゅくてき》ルパンのことを思い浮《う》かべた……。

（どういう意味なんだろう？）

いっそのこと二人の《悪党《あくとう》ども》をひっ捕《と》らえ、問いただしたいくらいだった。けれどもガニマールほどの手だれとなれば、そんな早計《そうけい》なまねはしなかった。見ればオレンジ皮の男が、煙草《たばこ》に火をつけている。すると少年は火を借りにいくかのように、吸《す》いさしを手に近づいた。

ふたこと、みこと言葉を交わすと、少年はなにやら相手に渡《わた》した。少なくとも主任警部には、それがホルスターに入った拳銃《けんじゅう》のように思えた。二人は拳銃らしきもののうえに身を乗り出した。男は壁《かべ》のほうをむいたまま、六度にわたりポケットに手を入れては、弾《たま》をこめるようなしぐさをした。

作業が終わると二人は道を引き返し、シュレーヌ通りに入った。ガニマールは怪《あや》しまれないよう気をつけながら、できるだけぴったりと尾行《びこう》を続けた。やがて男と少年が古い家のポーチを抜《ぬ》けるのが見えた。よろい戸は最上階の四階以外、すべて閉《し》まっている。

ガニマールは大急ぎであとを追った。表門のすみから覗《のぞ》くと、広い中庭の奥《おく》にペンキ屋の看板《かんばん》が見えた。左側に階段《かいだん》がある。

ガニマールは大急ぎで階段をのぼった。どんどんとドアをたたく音がうえから聞こえてくるだけに、いっそう足が早まった。

最上階に着くと、入り口のドアはあいていた。ガニマールはなかに入り、一瞬《いっしゅん》耳を澄《す》ました。奥の部屋から、もみあうような音が聞こえる。息を切らして部屋の前まで駆《か》けつけると、彼《かれ》は唖然《あぜん》として立ち止まった。なかではオレンジ皮の男と少年が、椅子《いす》を床《ゆか》に打ちつけていた。

そのとき、第三の人物が隣《となり》の部屋から出てきた。歳《とし》のころは二十八、九か三十歳《さい》。頬《ほお》ひげを短く刈《か》りこみ、眼鏡《めがね》をかけ、*アストラカンの裏地《うらじ》がついたガウンを着ている。風貌《ふうぼう》からして外国人だろう。きっとロシア人だ。

「ようこそ、ガニマールさん」男はそう言うと、二人の仲間をふり返った。

「きみたちも、ご苦労さま。ありがとう、よくやってくれた。さあ、約束の報酬《ほうしゅう》だ」

彼は百フラン札を渡《わた》して二人を帰らせると、入り口のドアと部屋のドアを閉《し》めた。

「申しわけありませんね」男はガニマールに言った。「あなたに話があったものでね……急を要することなんです」

男は片手《かたて》をさし出した。けれども主任警部《しゅにんけいぶ》が怒《いか》りで顔を歪《ゆが》ませ、呆然《ぼうぜん》と立ちすくんでいるものだから、語気を強めて続けた。

「まだ納得《なっとく》いきませんか……わかりきったことなのに……どうしても、急いであなたと会わねばならなかった……だから、しかたなく……」

相手の反論《はんろん》に先まわりして答えるかのように、男はさらにこう言った。

「いや、いや、それじゃあ、だめなんです。手紙を書いたり電話をかけたりしたのでは、来てはもらえなかったでしょう……さもなければ、部下を山ほど引き連れてくるかだ。でもあなたと、ぜひさしで会いたかったんでね。だったらあの二人を遣《つか》いに出せばいい。オレンジの皮をまいたり、丸にバツの印をつけたりするように命じて、あなたをここまでおびきよせれば。おや、驚《おどろ》いたような顔ですね。どうしま

＊ロシアのアストラカン産子羊の毛皮。

した？　ぼくが誰《だれ》だかわかりませんか？　ルパンですよ……アルセーヌ・ルパン……よく思い出してください……この名前に聞き覚えはありませんか？」

「いっぱい食わせやがったな」ガニマールは歯がみをしながら言った。

ルパンは穏《おだ》やかな声で、すまなそうに答えた。

「怒《おこ》ってらっしゃるんですか？　ああ、目を見ればわかります……デュグリヴァル*事件《じけん》のことですね？　あのときあなたがぼくを逮捕《たいほ》しに来るまで、待っているべきだったとでも？　いやはや、そんなことは思いつきもしませんでした。だったら、次回は必ず……」

「ふざけやがって」とガニマールはつぶやいた。

「喜んでいただけると、思っていたんですがね。ええ、そうですとも。（気のいいガニマールのことだ、ひさしぶりに会ったら、首っ玉に飛びついてくるぞ）って」

ガニマールはまだ立ちすくんでいたが、最初の驚《おどろ》きから目覚めたらしい。彼《かれ》はあたりを見まわし、ルパンに目をやった。本気で首もとに飛びかかろうかと思っているのだろう。しかし早まった真似《まね》はすまいと、椅子《いす》を引き寄《よ》せ腰《こし》かけた。ここはひとつ、敵《てき》の言い分も聞いてやろうというように。

「いいだろう……だが、手短に話せよ。こっちは忙《いそが》しいんだ」

「わかってますとも。では本題に入りましょう」とルパンは言った。「これほど落ちついて話せる場所もありません。ここはロシュロール公爵《こうしゃく》の古い館ですが、本人は住んでいないので、四階を貸《か》してくれたんです。付属《ふぞく》の建物はペンキ屋にも使わせています。こうした便利な隠《かく》れ家《が》を、ぼくはいくつも持っていましてね。見てのとおり、ロシア貴族《きぞく》みたいな恰好《かっこう》ですが、ここでは元大臣のジャン・デュブルーユと名のっています。ひと目を引かないよう、無難《ぶなん》な職業《しょくぎょう》を選んだんです……」

「だからどうしたっていうんだ？」ガニマールがさえぎる。

「これはどうも、よけいなおしゃべりでした。お急ぎだったんですよね、すみません。てっとり早く行きますから……五分で片《かた》づけましょう……実はですね……そう、葉巻《はまき》はいかがですか？　いらない？　けっこう。ぼくもです」

＊ルパン・シリーズ「地獄《じごく》の罠《わな》」のなかで語られている事件。

ルパンも腰《こし》をおろし、指でテーブルをとんとんと叩《たた》きながら考えこんでいたが、やがてこう話し始めた。

「そもそもの始まりは一五九九年十月十七日、からりと晴れた暑い日のことでした……いいですか？　そう、一五九九年十月十七日のこと……いやまてよ、いくらポン・ヌッフ橋の話をするからって、アンリ四世の時代までさかのぼって橋の歴史を説明するにはおよばないな。あなたはフランスの歴史に詳《くわ》しくなさそうだから、かえって混乱《こんらん》させてはいけないし。とりあえず、次のことだけ知ってもらえれば充分《じゅうぶん》でしょう。昨夜《ゆうべ》、午前一時ごろ、ポン・ヌッフ橋の下を、一隻《せき》の川船が通りました。いちばん左岸よりの、アーチ型橋脚《がたきょうきゃく》の下です。そのとき舳《へさき》に、なにかが落ちる音が聞こえました。どうやら橋のうえから、セーヌ川めがけて投げ捨《す》てたもののようです。犬がわんわんと吠《ほ》えながら走っていきました。船頭があとを追うと、犬が新聞紙の包みをくわえ、振《ふ》りまわしているのが見えました。中身はいくつか川に落ちたものの、船頭は残りを拾ってキャビンに持ち帰り、ひとつひとつじっくり眺《なが》めてみました。こいつはなかなか興味《きょうみ》深いぞ、と彼《かれ》は思いました。船頭はたまたまぼくの友人と知り合いでした。そんなわけで、ぼくのところに一報《いっぽう》が届《とど》いたというわけです。拾い集めた品々も、預《あず》かってきてますよ。ほら、これです」

ルパンはテーブルのうえを指さした。まずは新聞紙の切れ端《はし》、それに大きなクリスタルのインク瓶《びん》。キャップには長い紐《ひも》が巻《ま》きつけられている。小さなガラスの破片《へん》や、しわくちゃになったボール紙もあった。そして最後は真っ赤な絹《きぬ》の布切《ぬのき》れで、同じ生地、同じ色の房《ふさ》が端についていた。

「見てください、証拠物件《しょうこぶっけん》です」とルパンは続けた。「犬が川にまき散らしてしまった品々もそろっていれば、たしかに謎解《なぞと》きはもっと容易《ようい》だったでしょうけど。でも少しばかり頭を働かせば、やってやれないわけじゃない。あなたなら、推理《すいり》はお手のものですよね？」

ガニマールは無表情《むひょうじょう》なままだった。ルパンのおしゃべりを我慢《がまん》するのはしかたない。けれども受け答えをするのはプライドが許《ゆる》さなかった。ひと言だって発するものか。ただ首を動かしただけでも、諾否《だくひ》の合図ととられかねない。

「どうやら意見の一致《いっち》をみたようです」主任警部《しゅにんけいぶ》の沈黙《ちんもく》に気づいていないかのように、ルパンは言葉を続けた。「では結論《けつろん》に入りましょう。証拠物件《しょうこぶっけん》が物語る事件《じけん》の概要《がいよう》はこうです。〈昨晩《さくばん》、九時から零時《れいじ》のあいだに、奇抜《きばつ》な服装《ふくそう》をした若《わか》い女がナイフで刺《さ》され、さらに首を絞《し》められ死に至《いた》りました。犯人《はんにん》は片眼鏡《モノクル》をかけた、身なりのいい男で、競馬の関係者です。女はその男と、メレンゲを三つ、コーヒーエクレアをひとつ、食べたところでした〉」

ルパンは煙草《たばこ》に火をつけ、ガニマールのそでをつかんだ。

「おや、主任警部さん、なにを驚《おどろ》いているんです？　こと犯罪捜査《はんざいそうさ》にかんするかぎり、素人《しろうと》にこんな神業《かみわざ》はなしえないとお思いなんですか？　それはとんだ間違《まちが》いだ。このルパンには小説に出てくる名探偵《めいたんてい》にも劣《おと》らない、鮮《あざ》やかな推理《すいり》の才がありましてね。だったら根拠《こんきょ》を示《しめ》せって？　いいでしょう。別にむずかしいことじゃない。明々白々ですとも」

ルパンは目の前に並《なら》んだ品々を指さしながら、説明を続けた。

「〈昨晩、九時以降《いこう》〉というのは、新聞の切れ端《はし》に昨日の日付と、《夕刊《ゆうかん》》というただし書きがあるからです。それにほら、ここを見てください。黄色い帯封《おびふう》の切れ端がくっついていますよね。予約購読《よやくこうどく》の新聞は、この帯封をして家に配るんです。つまり新聞が届《とど》いたのは、午後九時の便だということになります。〈身なりのいい男〉だとわかるのは、ガラスの破片《はへん》の隅《すみ》に片眼鏡の丸い穴《あな》があいているからです。片眼鏡っていうのは、なにより貴族《きぞく》のたしなみだ。さて〈身なりのいいこの男は、お菓《か》子屋《しや》に行きました〉。箱型の薄《うす》いボール紙には、まだメレンゲとエクレアのクリームが少しついています。店ではよくこんな箱に、お菓子を入れてくれますよね。片眼鏡をかけた男はこの箱を持って、真っ赤なショールを巻《ま》いた若い女と会いました。こんな色が好みだなんて、きっと〈服装も奇抜〉に違いありません。男は彼女《かのじょ》に会うと、動機はまだ不明ながら、〈まずはナイフで何度も刺《さ》し、それから絹《きぬ》のショールで首を絞めました〉。ショールを手に取ってごらんなさい、主任警部。赤の色がほかより濃《こ》い部分がありますナイフをぬぐった跡《あと》ですよ。それにこっちは、血まみれの手で布《ぬの》をつかんだ跡だ。犯行後《はんこうご》、男は証拠隠滅《しょうこいんめつ》のため、ポケットから二つのものを取り出しました。ひとつは予約購読《よやくこうどく》している新聞。ほらこの切れ端《はし》を見てください。競馬新聞です。紙名もすぐに割《わ》り出せます。もうひとつは紐《ひも》。しかもそれは、鞭《むち》についている革紐《かわひも》でした。この二点から犯人《はんにん》は競馬好きで、みずから馬に乗っていると思われます。次に男は片眼鏡《モノクル》の破片《はへん》を集めました。穴《あな》についていた細紐は、もみ合っている最中にちぎれてしまったんでしょう。ショールの切り口を見てください。汚《よご》れた部分をハサミで切り取ったんです。おそらく残りは、まだ被害者《ひがいしゃ》が握《にぎ》りしめているはずです。男はお菓子屋《かしや》の箱を丸め、手がかりになりそうな品々も捨《す》てることにしました。例えば凶器《きょうき》のナイフなどは、きっといまごろセーヌ川の底でしょうね。彼《かれ》はすべてを新聞紙で包み、紐でしばりました。そしておもり代わりに、クリスタルのインク瓶《びん》をくりつけたんです。犯人が現場《げんば》を立ち去ったあと、ほどなくして包みが川船のうえに落ちてきたというわけです。いやあ、しゃべりすぎて汗《あせ》をかいてしまった。どう思いますか、この事件《じけん》を？」

ルパンはガニマールの顔つきを見て、いまの話は効果満点《こうかまんてん》だったとわかった。ガニマールはあいかわらず黙《だま》りこくっている。

ルパンは笑いだした。

「本当は感服しているんでしょう。でも、まだ疑念《ぎねん》が捨てきれない。（ルパンのやつ、どうしてこの事件をおれに託《たく》すんだろう？　自分で調べて犯人を突《つ》きとめ、もし盗《ぬす》みがらみの事件なら、盗品《とうひん》を横取りするはずじゃないか）ってね。たしかに、もっともな疑問《ぎもん》です。しかし……そう、しかし、いまは時間がなくて。仕事が立てこんでいるんですよ。ロンドンにひとつ、盗みに入らねばならない屋敷《やしき》がある。ローザンヌにもう一軒《けん》。マルセイユでは子供《こども》のすり替《か》えが待っているし、死神《しにがみ》につきまとわれている娘《むすめ》も救出しなければ。なにもかもが、いっぺんに押《お》し寄《よ》せてきてしまいました。そこでこう思ったわけです。（この事件は、親切なガニマールにまかせてはどうだろう？　すでに半分まで解決《かいけつ》ずみなんだから、しっかりやり遂《と》げてくれ

るさ。やつにとっても悪い話じゃない。大手柄《おおてがら》だったと評判《ひょうばん》になるぞ）
そうと決まれば、善《ぜん》は急げだ。さっそく朝の八時、オレンジ皮の男にひと芝居《しばい》打たせました。あなたはぱくりと餌《えさ》に食いつき、九時にはここまでやって来ました。釣《つ》りあげられた魚みたいに、ぴちぴち跳《は》ねながらね」
すでに立ちあがっていたルパンは、ガニマールのほうに少し身を乗り出し、目と目を合わせてこう言った。
「さて、話はこれで終わりです。いずれ被害者《ひがいしゃ》が判明《はんめい》するでしょう……踊《おど》り子か、キャバレーの歌手か、きっとそんなところです。いっぽう犯人《はんにん》は、ポン・ヌッフ橋の近くに住んでいると思われます。しかもセーヌ川の左岸に。ともあれ、手がかりはすべてここにそろっています。あなたにさしあげますから、せいぜい活用してください。このショールの切れ端《はし》だけは、手もとに置かせてもらいますがね。もとの形に復元《ふくげん》したければ、残りの部分を持ってくればいい。被害者の首にまだ巻《ま》きついていますから、いずれ司法当局が回収《かいしゅう》するはずです。一か月後の同じ日、つまり十二月二十八日の午前十時にいらっしゃい。ぼくは必ずあらわれますから。ご心配なく、でたらめなんかじゃありません。すべて大真面目な話です。率先《そっせん》して捜査《そうさ》にあたっていただきたい。そうそう、もうひとつ大事なことがありました。片眼鏡《モノクル》の男を逮捕《たいほ》するときには、気をつけなさい。そいつは左ききです。では、がんばってください。さようなら」

ルパンはくるりとむきを変えると、ガニマールがあっけにとられている間《ま》にドアを開け、すばやく姿《すがた》を消した。あわてて主任警部《しゅにんけいぶ》もドアに駆《か》けよった。ところがどんな仕《し》掛《か》けなのか、ドアノブはいっこうにまわらない。錠《じょう》をとりはずすのに十分、隣《となり》の部屋の錠でもさらに十分かかってしまい、四階から一階まで駆けおりたときにはもう、アルセーヌ・ルパンに追いつくなど期待すべくもなかった。

もとよりガニマールはあきらめていた。ルパンのことを思うと、いわく言いがたい複雑《ふくざつ》な気持ちになる。そこには恐怖《きょうふ》と恨《うら》み、無意識《むいしき》の賞賛《しょうさん》がないまぜになっていた。さらにはいくらがんばっても、いくら粘《ねば》り強く続けても、あれほどの敵《てき》は倒《たお》せまいという、漠然《ばくぜん》とした予感もあった。ガニマールは義務感《ぎむかん》と自尊心《じそんしん》からルパンを追っていた。けれどもあの恐《おそ》るべき大詐欺師《おおさぎし》に騙《だま》されているのではないか、警察《けいさつ》の失態《しったい》を笑いものにしてやろうと待ちかまえている観衆《かんしゅう》の前で愚弄《ぐろう》されるのではないかと、いつも不安でしかたなかった。

この赤いショール事件《じけん》は、どうにも胡散臭《うさんくさ》い。いろいろと好奇心《こうきしん》をそそられるのはたしかだが、信憑性《しんぴょうせい》に欠けるじゃないか。それにルパンの推理《すいり》だって、一見論理《いっけんろんり》的《てき》なようだが、細かな検証《けんしょう》に耐《た》えるものではないだろう。

（だめだめ、すべてでまかせだ……）とガニマールは思った。（なんの根拠《こんきょ》もない、仮定《かてい》と推測《すいそく》の山じゃないか。その手には乗らんぞ）

パリ警視庁刑事部《けいしちょうけいじぶ》のあるオルフェーヴル河岸《かし》三十六番地に着いたとき、こんな事件は無視《むし》しようとしっかり心に決めていた。

階段《かいだん》をのぼって刑事部の部屋にむかう途中《とちゅう》、同僚《どうりょう》のひとりが声をかけた。

「部長に会いましたか？」

「いいや」

「さっき、捜《さが》してましたよ」

「ほう？」

「ええ、行ってみてください」

「部長はどこに？」

「ベルヌ通りです……昨晩《さくばん》、殺人事件があったとかで……」

「殺しだって！　それで、被害者《ひがいしゃ》は？」

「詳《くわ》しいことはわかりませんが……キャバレーの女性《じょせい》歌手だとか」

それを聞いたガニマールは、うめくように小声でこう言っただけだった。

「おいおい、冗談《じょうだん》じゃないぞ……」

二十分後、彼《かれ》は地下鉄《メトロ》をおりて、ベルヌ通りへむかった。

被害者は芸能界《げいのうかい》で、ジェニー・サファイアの名で知られている歌手だった。住まいは建物の三階にある簡素《かんそ》なアパルトマンだ。主任警部《しゅにんけいぶ》は見張《みは》りの警官《けいかん》に導《みちび》かれて部屋を二つ抜《ぬ》け、奥《おく》の寝室《しんしつ》に入った。そこにはすでに捜査官《そうさかん》が集まっていて、デュドゥイ部長や検視《けんし》医の姿《すがた》もあった。

ガニマールはひと目見るなりぞくっとした。若《わか》い女の死体が、ソファーに横たわっていた。なんとその手には、〈赤い絹《きぬ》の布切《ぬのき》れ〉がしっかりと握《にぎ》られているではないか！　ブラウスの襟《えり》もとが大きくひらき、露《あら》わになった肩《かた》に傷跡《きずあと》が二つ。そのまわりには血がこびりついている。ひきつり、黒ずんだ顔からは、恐《おそ》ろしい苦悶《くもん》の表情《ひょうじょう》が見て取れた。

検視医は調べを終えると、こう言った。

「ざっと確認《かくにん》したところ、被害者《ひがいしゃ》はまずナイフで二突《つ》きされたのち、首を絞《し》められたということで間違《まちが》いないでしょう。死因《しいん》は窒息《ちっそく》のようです」

（おいおい、冗談《じょうだん》じゃないぞ）ガニマールはルパンの言葉を思い出しながら、またもや心のなかでうめいた。ルパンが言ったとおりじゃないか……。

すると予審判事《よしんはんじ》が異議《いぎ》を唱えた。

「でも、首に皮下出血の痕《あと》は見られないが」

「被害者が巻《ま》いていた絹《きぬ》のショールを使って、絞殺《こうさつ》したからですよ。彼女《かのじょ》は身を守ろうと、両手で必死につかんだんですね。まだショールが一部残っています」

「どうして一部だけなんだ？　残りはどこに行った？」

「血がついたので、犯人《はんにん》が持ち去ったのでしょう。あわててハサミで切ったような切れ目が確認できます」

「おいおい、冗談じゃないぞ」ガニマールはこれで三度目、小声でつぶやいた。「ルパンのやつめ、この場にいなかったのに、すべてお見とおしだったってわけか」

「して犯行《はんこう》の動機は？」と予審判事がたずねる。「錠《じょう》がこじあけられ、戸棚《とだな》がひっくり返っていたが、デュドゥイ君、これはどういうことなんだろう？」

するとと刑事部長《けいじぶちょう》は答えた。

「家政婦《かせいふ》の証言《しょうげん》からして、少なくともこんな仮説《かせつ》がなりたつでしょう。被害者は歌手としての才能《さいのう》こそぱっとしなかったものの、美人で有名でした。彼女は二年前、ロシアへ旅行したさいに、すばらしいサファイアを持ち帰りました。宮廷《きゅうてい》にかかわる人物から贈《おく》られた品だということです。それ以来、彼女《かのじょ》はジェニー・サファイアと呼《よ》ばれるようになりました。ジェニーはこの贈り物が自慢《じまん》でたまりませんでしたが、大事を取って身につけないようにしていました。犯人《はんにん》はこのサファイアを盗《ぬす》もうとしたのだと考えられませんか？」

「でも家政婦《かせいふ》は、宝石《ほうせき》がどこにあるのか知っていたのでは？」

「いいえ、それは誰《だれ》も知りませんでした。部屋が荒《あ》らされているところから見て、犯人《はんにん》も知らなかったのでしょう」

「ともかく家政婦から話を聞くことにしよう」と予審判事《よしんはんじ》は言った。

デュドゥイ部長は主任警部《しゅにんけいぶ》を脇《わき》に呼《よ》び、たずねた。

「どうした、ガニマール、妙《みょう》な顔をして。なにか気づいたことでもあるのか？」

「いえ別に、部長」

「それは残念。刑事部《けいじぶ》としては、ここらで白星が欲《ほ》しいところなんだ。この種の事《じ》件《けん》で犯人の挙がっていないものが、たくさんあるんでね。今回はぜひとも解決《かいけつ》しなければ。しかも早急《さっきゅう》に」

「むずかしいですよ、部長」

「だが、そうしなくてはならないんだ。いいかね、ガニマール。家政婦によるとジェニー・サファイアはとても規則《きそく》正しい生活を送っていたそうだ。この一か月、毎《まい》晩《ばん》十時半に劇場《げきじょう》から戻《もど》ると、決まって男が訪《たず》ねてきて、零時《れいじ》になると帰っていった。『上流階級の方で、わたしにプロポーズしているのよ』とジェニー・サファイアは言っていた。彼《かれ》は顔を見られないよう、ずいぶんと気をつかっていたらしい。管理人室の前を通るときは服の襟《えり》を立て、帽子《ぼうし》をまぶかにかぶっていた。ジェニー・サファイアも男が来るときは、決まって家政婦を遠ざけておいた。まずはその男を見つけることだな」

「手がかりはなにも残っていないんですか?」

「ああ、なにも。ともかく、抜《ぬ》け目ないやつだってことは間違《まちが》いない。決して捕《つか》まらないよう準備万端《じゅんびばんたん》整え、犯行《はんこう》に及《およ》んだのだからな。見事逮捕《たいほ》できれば大手柄《おおてがら》だ。頼《たよ》りにしているからな、ガニマール」

「頼りにするのはけっこうですが」と主任警部《しゅにんけいぶ》は答えた。「さて、どうなることやら……できないとは言いませんよ。ただ……」

ガニマールはとても苛立《いらだ》っているらしい。そのようすに、デュドゥイ部長ははっとした。

「ただ」とガニマールは続けた。「ただ、絶対《ぜったい》に……聞いてますか、部長。絶対に……」

「どうした？　はっきり言いたまえ」

「いえ、なんでもありません……結果はともかく……がんばってみます」

ガニマールは外に出てひとりになると、言いかけた言葉を続けた。どんどんと足を踏《ふ》み鳴らしながら、激怒《げきど》したように大きな声で。

「ただ、絶対に自分の力だけで解決《かいけつ》するからな。あん畜生《ちくしょう》めが用意した手がかりは、なにひとつ使わずに。そうとも、だから……」

ガニマールはルパンに毒づいた。こんな事件《じけん》にかかわることになったのが、腹立《はらだ》たしくてたまらなかった。それでも彼《かれ》は犯人《はんにん》を捕《つか》まえてやると心に決めて、あてもなく通りを歩きまわった。脳味噌《のうみそ》が沸《わ》き立っている。少し考えを整理しなければ。いくつもの断片的《だんぺんてき》な事実のなかに、みんなが見落としている手がかりがあるはずだ。ルパンも気づいていないような、事件解決《かいけつ》の決定的証拠《けっていてきしょうこ》が。

彼は居酒屋《いざかや》で簡単《かんたん》に昼食をすませると、また街を歩き始めた。そして突然《とつぜん》、唖然《あぜん》としたように立ちすくんだ。いつのまにか、シュレーヌ通りのポーチを通り抜《ぬ》けていた。数時間前、ルパンにおびき寄《よ》せられて入ったあの家だ。自分の意志《いし》では抗《あらが》いがたい力に導《みちび》かれ、再《ふたた》びここに来てしまった。謎《なぞ》を解《と》く鍵《かぎ》が、きっとここにある。事件の真相を示《しめ》す手がかりが、すべてそろっているんだ。ともかくルパンの説明は、見事に真実を言いあてていた。なんて天才的な推理力《すいりりょく》なんだろう。ガニマールは心底驚《おどろ》かされた。それならやつのあとを継《つ》いで、捜査《そうさ》を続けるに越《こ》したことはない。

ガニマールはなんのためらいもなく、四階まで駆《か》けあがった。部屋のドアはあいていた。証拠物件《しょうこぶっけん》に触《ふ》れた者はいないようだ。主任警部《しゅにんけいぶ》はそれをポケットに入れた。彼《かれ》はもはや主人の命ずるがまま、いわば無意識《むいしき》のうちに考え、行動していた。

犯人《はんにん》の男がポン・ヌッフ橋の近くに住んでいるなら、橋からベルヌ通りへ行く途《と》中《ちゅう》に、夜間もあいている大きなお菓子屋《かしや》があるはずだ。メレンゲとエクレアはそこで買ったのだろう。捜査《そうさ》は長くかからなかった。サン=ラザール駅近くのお菓子屋が、ボール紙の小さな箱を見せた。素材《そざい》といい形といい、ガニマールが手に入れたものと同じだ。さらに店員の女は、昨晩訪《さくばんおとず》れた男性客《だんせいきゃく》のことをおぼえていた。毛皮のコートの襟《えり》を立てていたけれど、片眼鏡《モノクル》をかけているのが見えたという。

(これでまずひとつ、手がかりの裏《うら》がとれたぞ)と主任警部は思った。(たしかに犯人は、片眼鏡をかけていた)

次にガニマールは競馬新聞の切れ端《はし》をつなぎ合わせ、新聞販売店《はんばいてん》の男に見せた。こりゃ『競馬グラビア』紙ですよ、と男は即答《そくとう》した。ガニマールはすぐさま『競馬グラビア』紙の編集部《へんしゅうぶ》へ行き、予約購読者《こうどくしゃ》のリストを確認《かくにん》した。そしてポン・ヌッフ橋の近くに住んでいる者の名前と住所をメモした。〈ルパンに言われたとおり〉、左岸を重点的に。

主任警部は刑事部《けいじぶ》にもどると部下を五、六人集め、必要な指示《しじ》を与《あた》えて聞きこみに出した。

夜七時、最後の部下が朗報《ろうほう》をたずさえ帰ってきた。『競馬グラビア』紙の予約購読者でプレヴァーユという名の男が、オーギュスタン河岸《かし》の中二階に住んでいる。彼は昨晩《さくばん》、毛皮のコートを着こんで外出したという。管理人から手紙や『競馬グラビア』紙を受け取ると、そのままどこかへ立ち去り、帰宅《きたく》したのは零時《れいじ》すぎだった。プレヴァーユ氏は片眼鏡をかけていた。競馬ファンで、みずから何頭も馬を所有し、自分で乗ったり、ひとに貸《か》したりしている。

捜査はいっきに進展《しんてん》し、ルパンが予見したとおりの結果となった。ガニマールは部下の報告《ほうこく》を聞いて愕然《がくぜん》とした。なんと恐《おそ》ろしい男だろう。主任警部はルパンの人なみはずれた能力《のうりょく》を、またしても思い知らされた。長年生きてきたけれど、あんなに明敏《めいびん》で鋭《するど》い眼力《がんりき》の持ち主には、ほかに出会ったことがない。

ガニマールはデュドゥィ部長のもとに行った。

「準備《じゅんび》はすべて整いました。令状《れいじょう》の用意はできていますか？」

「なんだって？」

「逮捕《たいほ》令状は用意できているかと、たずねているんです」

「それじゃあ、ジェニー・サファイア殺しの犯人《はんにん》がわかったのか？」

「はい」

「でも、どうやって？　説明したまえ」

ガニマールはためらいをおぼえた。それでも少し顔を赤らめながら、こう答えた。

「偶然《ぐうぜん》ですよ、部長。犯人は危《あぶ》ない証拠品《しょうこひん》を、まとめてセーヌ川に投げ捨《す》てました。ところがその一部を拾って、わたしのところに届《とど》けた者がいたんです」

「いったい誰《だれ》が？」

「川船の船頭ですが、名前は明かそうとしませんでした。仕返しを恐《おそ》れたんでしょう。でも必要な手がかりはすべて確保《かくほ》しましたから、調べは簡単《かんたん》につきました」

そして主任警部《しゅにんけいぶ》は推理《すいり》のあらましを語った。

「それはもう、偶然とは言えんだろう」とデュドゥイ部長は叫《さけ》んだ。「しかも、調べは簡単についただなんて！　こいつはきみの数ある戦果のなかでも、一、二を争う鮮《あざ》やかな一撃《いちげき》じゃないか。ガニマール君、ぜひともきみの手で解決《かいけつ》へ導《みちび》いてくれたまえ。くれぐれも慎重《しんちょう》にな」


ガニマールはさっさとけりをつけることにした。オーギュスタン河岸《かし》へむかい、部下を家のまわりに配置する。管理人の女から話を聞いたところ、プレヴァーユは外で食事をするものの、夕食後は決まって部屋に戻《もど》ってくるという。

はたして九時少し前、窓《まど》から身を乗り出した管理人の合図を受け、ガニマールは小さく警笛《けいてき》を鳴らした。シルクハットをかぶり、毛皮のコートに身を包んだ男が、セーヌ川沿《ぞ》いの歩道をやって来る。男は道を渡《わた》り、家にむかった。

ガニマールはつかつかと歩み寄《よ》った。

「プレヴァーユさんですね？」

「ええ。それであなたは？」

「大事な任務《にんむ》で来たのですが……」

ガニマールが言葉を終える間《ま》はなかった。プレヴァーユは暗闇《くらやみ》からあらわれた男たちを見てさっと壁際《かべぎわ》へ退《しりぞ》き、ドアを背《せ》に敵《てき》をにらみつけた。建物の一階は店になっていて、よろい戸はすべて閉《し》まっている。

「さがれ」と男は叫《さけ》んだ。「おまえなんか知らん」

男は右手で太いステッキを振《ふ》りまわした。うしろにまわした左手は、ドアを開けようとしているらしい。

そうか、とガニマールは思った。このドアから秘密《ひみつ》の避難口《ひなんぐち》を抜《ぬ》けて、逃《に》げるつもりなんだな。

「おい、つまらない真似《まね》をするなよ」ガニマールは男に近づきながら言った。「もう捕《つか》まったも同然だ。観念しろ」

プレヴァーユがステッキをつかもうとしたとき、ガニマールははっと思い出した。そういえばルパンが言ってたじゃないか。犯人《はんにん》は左ききだから気をつけろと。プレヴァーユは左手で拳銃《けんじゅう》を捜《さが》しているんだ。

主任警部《しゅにんけいぶ》はあわてて身を伏《ふ》せた。男のすばやく動くのが見え、二発の銃声《じゅうせい》が鳴り響《ひび》いた。けれども弾《たま》は、誰《だれ》にもあたらなかった。

数秒後、プレヴァーユは銃のグリップであごを殴《なぐ》られ、その場に倒《たお》れこんだ。そして午後九時、彼《かれ》は留置場《りゅうちじょう》に送られた。

ガニマールは当時すでに敏腕刑事《びんわんけいじ》として知られていたが、今回の迅速《じんそく》な逮捕劇《たいほげき》は、彼の名声をいや高めた。しかも警察《けいさつ》が明かしたその手法たるや、あっけにとられるほど単純《たんじゅん》なものだった。いまだ未解決《みかいけつ》の事件《じけん》はすべてプレヴァーユのしわざとされ、新聞はガニマールの偉業《いぎょう》を称《たた》えた。

はじめのうち、捜査《そうさ》は順調に進んだ。プレヴァーユの本名はトマ・ドロックといい、前科もあることが判明《はんめい》した。さらに部屋を捜索《そうさく》したところ、新たな証拠《しょうこ》こそ出なかったものの、興味《きょうみ》深い品が押収《おうしゅう》された。包みに巻《ま》かれていたのとよく似《に》た紐《ひも》の束、それに被害者《ひがいしゃ》の傷口《きずぐち》に合致《がっち》すると思《おぼ》しきナイフだ。

ところが一週間後、状況《じょうきょう》が一変した。それまで黙秘《もくひ》を続けていたプレヴァーユが弁護士《べんごし》立会いのもと、確固《かっこ》たるアリバイの申し立てをしたのだ。犯行《はんこう》があった晩《ばん》、フォリ＝ベルジェール劇場《げきじょう》に行っていたと。

たしかにスモーキングのポケットから、座席《ざせき》のチケットとショーのプログラムが見つかり、どちらも犯行日の日付のものだった。

「前もってアリバイを用意しておいたんだな」と予審判事《よしんはんじ》は言った。

「そんな証拠がありますか」とプレヴァーユは言い返した。

証人《しょうにん》たちに面通しが行われた。お菓子屋《かしや》の店員は、プレヴァーユが片眼鏡《モノクル》の男らしいと答えた。ベルヌ通りの管理人も、プレヴァーユがジェニー・サファイアの部屋を訪《おとず》れた男らしいと答えた。しかしそれ以上、はっきりと断言《だんげん》できる者はいなかった。

結局予審では、なんら確証《かくしょう》は得られなかった。しっかりとした根拠《こんきょ》もなく起訴《きそ》しても、公判《こうはん》がもたないだろう。

予審判事はガニマールを呼《よ》んで、困《こま》ったことになったと打ち明けた。

「これ以上は無理だ。証拠がないのだから」

「しかし予審判事殿《どの》、あなただってプレヴァーユが犯人《はんにん》だと信じているはずです。本当に無実なら、逮捕《たいほ》されるとき、あんなに抵抗《ていこう》しなかったでしょう」

「本人いわく、賊《ぞく》に襲《おそ》われたのかと思ったのだそうだ。それに、ジェニー・サファイアには会ったこともないと主張《しゅちょう》している。やつを追いつめることのできる証人《しょうにん》は、誰《だれ》もいなかった。サファイアが盗《ぬす》まれたのは事実だとしても、プレヴァーユの家からは見つからなかったし」

「ほかの場所からもね」とガニマールは言い返した。

「ああ。だからといって、プレヴァーユが犯人《はんにん》だということにならん。そこで早急《さっきゅう》に、手に入れねばならないものがある。なんだかわかるかね、ガニマール君？　赤いショールの、残りの切れ端《はし》だ」

「残りの切れ端？」

「そうとも。きっと犯人が持ち去ったのだろう。布地《ぬのじ》に、血のついた指の跡《あと》が残っているからと」

　ガニマールは答えなかった。何日も前からずっと、こんななりゆきになるんじゃないかと感じていた。ほかに証拠《しょうこ》はなさそうだ。絹《きぬ》のショールが手に入れば、プレヴァーユの有罪《ゆうざい》を裏《うら》づけられる。それができるのは、あのショールだけなのだ。ガニマールがいま置かれている立場からして、なんとしてでもプレヴァーユの罪《つみ》を暴《あば》かねばならなかった。やつを逮捕《たいほ》した張本人《ちょうほんにん》として勇名を馳《は》せ、悪人たちからもっとも恐《おそ》れられる男ともてはやされているというのに、もしプレヴァーユが釈放《しゃくほう》されたらとんだ大恥《おおはじ》をかくことになる。

どうしても必要なたったひとつの証拠は、困《こま》ったことにルパンのポケットのなかだ。どうやって取りあげたらいいんだろう?

ガニマールは新たな証拠を求めて、再《ふた》びくたくたになるまで歩きまわった。ベルヌ通りの謎《なぞ》を解《と》こうと何日も眠《ねむ》れない夜をすごし、プレヴァーユの暮《く》らしぶりを検《けん》証《しょう》した。部下を十名も動員して、行方の知れないサファイアを捜《さが》させた。しかし成果はなかった。

十二月二十七日、予審判事《よしんはんじ》が裁判所《さいばんしょ》の廊下《ろうか》でガニマールを呼《よ》びとめた。

「ところでガニマール君、なにか進展《しんてん》は?」

「ありません、予審判事殿《どの》」

「それなら、不起訴《ふきそ》とするしかないな」

「もう一日、待ってください」

「どうして? ショールの残りの切れ端が必要なんだ。それは見つかったのかね?」

「明日になれば、手に入ります」

「明日になれば？」

「ええ。でもあなたが持っているほうの切れ端《はし》を、あずけていただかないと」

「あずければいいのか？」

「そうすれば、完全な形に戻《もど》してお持ちします」

「よし、わかった」

ガニマールは予審判事《よしんはんじ》のオフィスに入ると、絹《きぬ》の布切《ぬのき》れを手に出てきた。

「まったく、いまいましいったらない」と彼《かれ》はこぼした。「いいだろう、出かけてみるとしよう。そうすれば証拠《しょうこ》が手に入るのだから……もっとも、ルパンが約束どおりやって来ればの話だが」

実のところガニマールは、疑《うたが》っていなかった。大胆不敵《だいたんふてき》なルパンのことだから、きっとあらわれる。そうとわかっているからこそ、腹立《はらだ》たしいのだ。どうしてルパンは、こんなふうに待ち合わせをしようと言ったのだろう？　あいつめ、なにか企《たくら》んでいるな？

不安と怒《いか》り、憎《にく》しみが、ガニマールの胸《むね》に渦《うず》まいた。ともかく備《そな》えだけは、万全《ばんぜん》にしておこう。罠《わな》にかからないためだけでなく、宿敵《しゅくてき》を捕《つか》まえるせっかくのチャンスを無駄《むだ》にしないように。こうして翌《よく》十二月二十八日、ルパンが決めた約束の日、ガニマールはシュレーヌ通りの古い屋敷《やしき》をひと晩《ばん》じゅうかけて調べ、表門のほかに出入り口がないことをたしかめると、これから危険《きけん》な遠征《えんせい》に出かけると部下に告げ、彼らを引き連れ戦地へおもむいた。

まずは部下をカフェに待機させ、こう厳命《げんめい》した。おれが四階の窓《まど》から顔を出すか、一時間たっても戻らないときは、屋敷に突入《とつにゅう》して、逃《に》げようとする者はすべて逮捕《たいほ》するようにと。

主任警部《しゅにんけいぶ》はいつでも拳銃《けんじゅう》をポケットから取り出し、撃《う》てる状態《じょうたい》にあることを確認《かくにん》し、階段《かいだん》をのぼった。

驚《おどろ》いたことに、部屋は前に出ていったときのままだった。ひらいたドア、こじあけられた錠《じょう》。なにも変わりがない。主寝室《しゅしんしつ》の窓《まど》は通りに面していた。ガニマールはほかの三部屋ものぞいてみたが、誰《だれ》もいなかった。

「ルパンめ、怖気《おじけ》づいたな」と彼《かれ》はつぶやいた。少しはほっとする気持ちもあった。

「馬鹿《ばか》を言っちゃ困《こま》る」と背後《はいご》で声がした。

ふり返ると、だぶだぶの作業着を着た老人が部屋の入り口に立っている。

「わかりませんか？」と老人は言った。「ぼくです、ルパンですよ。今朝から、下のペンキ屋で働いていましてね。ちょうど食事の時間なので、こうしてやって来たんです」

ルパンは陽気な笑《え》みを浮《う》かべてガニマールを見つめていたが、やがて大声でこう続けた。

「いやまったく、おかげで散々《さんざん》こき使われました。あなたの命を十年分もらっても、わりが合いません。でも、あなたのことは、けっこう好きなんです。さて、ご感想は？　ぼくの思ったとおりだった、一から十まで予想どおりだったでしょう？　この事件《じけん》の真相ははじめからわかっていたし、ショールの謎《なぞ》も見抜《みぬ》いていた。そうですよね？　ぼくの推理《すいり》に穴《あな》がなかったとは言いません。鎖《くさり》の輪が欠けていた部分もあるでしょう……でも、なんとすばらしい知力、推理力だと思いませんか、ガニマールさん。なにが起きたのかも、事件が発覚してから、証拠《しょうこ》を求めてあなたがここに来るまでの展開《てんかい》も、すべてお見とおしだったんです。実に鋭《するど》い眼力《がんりき》じゃありませんか。で、ショールはお持ちで？」

「半分は持ってきた。残りの半分は、きみが持っているな？」

「ここにありますよ。合わせてみましょう」

彼らは絹《きぬ》の布切《ぬのき》れを二枚《まい》、テーブルに並《なら》べた。ハサミで切った切り口は、ぴったり合っている。色もまったく同じだ。

「でも」とルパンは言った。「あなたがいらした目的は、ほかにもあるはずだ。血の跡《あと》が残っていないか、確認《かくにん》したいんじゃないですか？　さあ、むこうへ行きましょう、ガニマールさん。ここではちょっと暗すぎます」

二人は中庭に面した隣室《りんしつ》へ移動《いどう》した。たしかに、こちらのほうが明るい。ルパンは布切《ぬのき》れを窓《まど》ガラスに押《お》しあてた。

「見てください」彼《かれ》はそう言って、ガニマールに場所をゆずった。

主任警部《しゅにんけいぶ》は喜びにふるえた。五本の指の跡、手のひらの跡がはっきりとわかる。疑問《ぎもん》の余地《よち》がない証拠《しょうこ》だ。犯人《はんにん》はジェニー・サファイアを刺《さ》した血まみれの手でショールを握《にぎ》り、彼女《かのじょ》の首に巻《ま》きつけたのだ。

「ほら、これは左手の跡だ」とルパンは言い添《そ》えた。「だから、そう警告《けいこく》したんです。あなたが思っているような、魔法《まほう》でもなんでもありません。そりゃたしかに、ぼくは切れ者ですがね、魔法使いみたいに扱《あつか》われるのは勘弁《かんべん》して欲《ほ》しいんでね」

ガニマールが絹《きぬ》の布切れをすばやくポケットに入れると、ルパンはうなずいた。

「どうぞ、どうぞ。あなたに喜んでいただければ本望《ほんもう》です。だいじょうぶ、罠《わな》にかけようなんてしてませんから……ただの好意ですよ。友達として力になりたい、それだけです……でも正直言って、ちょっとした興味《きょうみ》もありました。もう片方《かたほう》の布切れを調べてみたかったんです。警察《けいさつ》が手に入れたほうをね……いえ、ご心配なく。ちゃんとお返ししますとも。ちょっと見せてもらうだけです」

ガニマールは思わず話に引きこまれた。そのあいだにもルパンは、ショールの切れ端《はし》についた房《ふさ》をさりげない手つきでもてあそんでいる。

「すばらしい出来じゃありませんか。いかにも女性《じょせい》らしい手仕事だ。捜査結果《そうさけっか》にもあったはずです。ジェニー・サファイアはとても器用でね、帽子《ぼうし》やドレスを自分で作っていたんです。このショールも、きっとお手製《てせい》でしょう……最初の日から、すぐに気づきました。ぼくは生まれつき好奇心旺盛《こうきしんおうせい》なもので、あなたがポケットにしまった絹の布切れをじっくり調べさせてもらいました。前にも申しあげたとおりね。すると房のなかから、小さなメダルが出てきたんです。被害者《ひがいしゃ》がお守りとして入れておいたんでしょう。涙《なみだ》を誘《さそ》う発見だとは思いませんか、ガニマールさん？　それは救いの聖母《せいぼ》を描《えが》いたメダルでした」

主任警部はルパンから目を離《はな》さず、話のなりゆきを見守った。

「そこでぼくはこう思いました」とルパンは続けた。「ショールのもう半分は、被《ひ》害者《がいしゃ》の首に巻《ま》きついたままだろう。いずれ警察《けいさつ》が見つけるはずだ。それを調べたら面白そうだぞってね。ようやくぼくが手に入れたこちらの半分も、端《はし》に房《ふさ》がついています……なかには同じように、なにか隠《かく》されているかもしれません。だったら、確《たし》かめてみましょう……ほら、実によくできてる。でも、さほど難《むずか》しいことじゃありません。赤いより糸をひと束用意し、オリーヴ形の木片《もくへん》を芯《しん》にして編《あ》みあげればいいんです。木片の中心は空洞《くうどう》にしておきます。もちろんとても小さな穴《あな》ですが、お守りのメダルを入れておくには充分《じゅうぶん》だ。ほかにも……例えば宝石《ほうせき》……サファイアとかでも……」

ルパンはそう言いながら絹糸《きぬいと》の隙間《すきま》を広げ、木片の穴からみごとな青い宝石をつまみ出した。透明度《とうめいど》といいカットといい、非《ひ》の打ちどころがない。

「そら、言ったとおりだ」

ルパンは顔をあげた。主任警部《しゅにんけいぶ》は顔面蒼白《がんめんそうはく》で、呆然《ぼうぜん》としていた。きらきらと輝《かがや》く宝石を、おびえた目で魅《み》せられたように見つめている。ルパンのたくらみが、ようやくすべてわかったのだ。

「いっぱい食わせやがったな」ガニマールは、最初の対面でも口にした罵《のの》しりの言葉を繰《く》り返した。

二人は立ったままにらみ合った。

「それを返せ」主任警部が言う。

ルパンは布切《ぬのき》れを差し出した。

「サファイアもだ」

「ご冗談《じょうだん》を」

「渡《わた》せ。さもないと……」

「おやおや、さもないと、どうするって言うんです?」ルパンは大声を出した。

「ははあ、ぼくが意味もなくこの事件《じけん》をあんたに託《たく》したとでも思っていたんですか?」

「渡《わた》すんだ」

「わかっちゃいないな。まったく！　この四週間、ぼくはあんたを操《あやつ》り人形よろしく、意のままに動かしてきたんだ。あんただって……まあ、いい。ともかくガニマール、もう少し頭を働かせろよ。この四週間、あんたはお利口なワン公だったのさ……ほらガニマール、とってこい、ご主人様に持ってくるんだ。そらそら、いい子だ……ちんちんをしろ。角砂糖《かくざとう》が欲《ほ》しいのか？」

ガニマールは腹《はら》わたが煮《に》えくりかえるような怒《いか》りをじっとこらえながら、ともかく部下を呼《よ》ぶことだけを考えていた。今いる部屋は中庭に面しているので、彼《かれ》はそろそろとむきを変え、隣室《りんしつ》に続くドアに戻《もど》ろうとした。ひとっ跳《と》びで窓《まど》に駆《か》け寄《よ》り、窓ガラスを破《やぶ》ればいい。

「それにしても、まったく間抜《まぬ》けぞろいだな。あんたも、ほかの連中も」ルパンは続けた。「せっかくショールの切れ端《はし》を手にしたっていうのに、誰《だれ》ひとり触《さわ》ってたしかめようとしなかったんだから。哀《あわ》れな被害者《ひがいしゃ》がショールにしがみついていた理由も、考えてみようとしなかった。誰ひとりとして！　あんたたちは、ただやみくもに動きまわっていただけなんだ。なにも考えず、先を読もうともせずに」

　ガニマールはようやく目的を果たした。ルパンが離《はな》れた隙《すき》にさっと身をひるがえすと、ドアのノブをつかんだ。ところが彼の口から罵声《ばせい》が漏《も》れた。ノブはまったくまわろうとしない。

　ルパンはぷっと吹《ふ》き出した。

「いやはや、こんなことも予期していなかったとはね。あんたはぼくに罠《わな》を張《は》った。なのにこっちが前もって察知しているとは、思っていないんだから……あんたはこの部屋にのこのこやって来た。ぼくがわざとこっちにおびき寄《よ》せたとは疑《うたが》いもせず、錠《じょう》には特殊《とくしゅ》な仕掛《しか》けがしてあったことも思い出さずに。さあ、どうです、正直なご感想は？」

「感想だと？」ガニマールは怒りにまかせて叫《さけ》んだ。

　そしてすばやく拳銃《けんじゅう》を抜《ぬ》くと、敵《てき》の顔面に狙《ねら》いを定めた。

「手をあげろ」

ルパンはガニマールの前に立つと、肩《かた》をすくめた。

「まだそんな戯言《たわごと》を」

「もう一度言うぞ。手をあげろ」

「いいかげんにしろよ。あんたの飛び道具は役に立たないぜ」

「なんだって？」

「おたくの家政婦《かせいふ》、カトリーヌおばさんといったかな。彼女《かのじょ》はぼくの手下でね。今朝、あんたがカフェオレを飲んでいるあいだに、銃弾《じゅうだん》の火薬を湿《しめ》らせておいたのさ」

ガニマールは怒《いか》りに震《ふる》えながら銃《じゅう》をポケットにしまうと、ルパンにむかって突進《とっしん》した。

「さあ、どうする？」ルパンは相手の脚《あし》に蹴《け》りを入れて、攻撃《こうげき》を防《ふせ》いだ。

二人の服はほとんど触《ふ》れなんばかりだった。一触即発《いっしょくそくはつ》の敵同士《かたきどうし》よろしく、相手を挑発《ちょうはつ》するかのようにじっとにらみ合っている。

しかし殴《なぐ》り合いには至《いた》らなかった。前に闘《たたか》ったときのことを思い出したら、意味がないとわかったから。ガニマールはかつての敗北やむなしい攻撃、ルパンが繰《く》り出す電光石火《でんこうせっか》の反撃《はんげき》を脳裏《のうり》によみがえらせ、動きをとめた。しかたないさ。ルパンのとてつもない力には、どうせ誰《だれ》ひとりかなわない。だとしたら、なにをしようと無駄《むだ》だ。

「そうさ、そこでじっとしてるほうがいい」とルパンは陽気な声で言った。「よく考えてみろ。この事件《じけん》のおかげで、あんたのほうも損《そん》はなかったはずだ。名声は高まり、出世も確実《かくじつ》。幸せな老後が待ってるじゃないか。おまけにサファイアを見つけ、哀《あわ》れなルパンの首までとろうなんて、虫がよすぎるぞ。それでは、欲《よく》のかきすぎだ。だいいちこの哀れなルパンは、命の恩人《おんじん》なんだぜ。忘《わす》れちゃこまるな。プレヴァーユが左ききだってことを、誰が教えてやったと思っているんだ？　まさにここ、この場所で……なのにこんな礼のしかたがあるかい？　野暮《やぼ》なやつだな、本当に情《なさ》けないぞ」

ルパンはおしゃべりを続けながら、ガニマールと同じようにさりげなくドアに近づいた。

敵《てき》が逃《に》げようとしているのに気づき、ガニマールは警戒心《けいかいしん》を忘《わす》れて前に立ちふさがった。そして腹《はら》に強烈《きょうれつ》な頭つきを食らい、反対側の壁《かべ》まで飛ばされた。

ルパンの動きはすばやかった。一でばね仕掛《じか》けを作動させ、二でノブをまわし、三でドアをあけると、高笑いを残して姿《すがた》を消した。

二十分後、ガニマールがようやく部下の待つカフェに戻《もど》ると、なかのひとりがこう言った。

「さっきペンキ職人《しょくにん》の男がひとり、家から出てきました。ほかの職人たちは昼食から戻ってきたところでしたが、男は手紙を差し出し、『これを上司に渡《わた》してくれ』って言うんです。『上司？』と聞き返したんですが、さっさと遠ざかってしまいました。きっと主任警部殿宛《しゅにんけいぶどのあ》てでしょう」

「見せてみろ」

ガニマールは封《ふう》を切ると、なかの紙を取り出した。そこには鉛筆《えんぴつ》で、次のようになぐり書きされていた。

わが友へ、軽々《かるがる》しく人を信じないほうがいいと、ひと言注意したくてね。もしも誰《だれ》かに銃弾《じゅうだん》は湿《しめ》っていると言われたら、たとえそれがどんなに信用できる人物でも、その名がアルセーヌ・ルパンだったとしても、けっして騙《だま》されてはいけません。まずは引き金を引いてみることです。相手がもんどり打ってあの世へ行けば、たしかめられるじゃないですか。第一に銃弾は湿ってなどいなかったし、第二にカトリーヌおばさんはとても正直な家政婦《かせいふ》だと。

いつか彼女《かのじょ》とお近づきになれる日を楽しみにしつつ、親愛の情《じょう》をこめて。

あなたの忠実《ちゅうじつ》な友、アルセーヌ・ルパン

塔のうえで

Au sommet de la tour

オルタンス・ダニエルは窓《まど》を細目にあけると、小さな声で言った。

「ロシニー、そこにいるの?」

「いますよ」城館《じょうかん》のわきのこんもりとした木立から、声が聞こえた。

少し身を乗り出すと、太った男が見えた。男は首を伸《の》ばし、粗野《そや》な赤ら顔をオルタンスのほうにむけている。やけに鮮《あざ》やかな金色のひげが、もみあげから頬《ほほ》まで続いていた。

「それで、どうでしたか?」と彼《かれ》はたずねた。

「昨晩《さくばん》、叔父夫婦《おじふうふ》と話し合ったけれど、二人とも頑《がん》としてゆずらないの。わたしの公証人《こうしょうにん》が提案《ていあん》した和解案《わかいあん》には応《おう》じられないし、夫が入院させられる前に使い果たした持参金も返せないって」

「でも、叔父さんが望んだ結婚《けっこん》なんでしょう？　夫婦財産契約《ざいさんけいやく》の条項《じょうこう》にしたがえば、叔父さんにも責任《せきにん》があるはずだ」

「だからどうだっていうの？　言ったでしょ、叔父はつっぱねたのよ……」

「まあ、それなら」

「それなら、あなたは？　まだわたしを連れ出すつもりがある？」オルタンスは笑いながらたずねた。

「決心は変わりません」

「おかしな下心はなしよ。それを忘《わす》れないでちょうだい」

「すべて仰《おお》せのとおりに。でも、ほら、ぼくはきみに夢中《むちゅう》なんです」

「悪いけど、わたしのほうは夢中になれないわ」

「なにも夢中になって欲《ほ》しいとは申しません。ただ、少し好意を持ってくれればいいんです」

「少し好意を？　それでも欲張《よくば》りすぎだわ」

「だったら、どうしてぼくを選んだんです?」

「たまたまよ。こんな暮《く》らしに、うんざりしていたから……心ときめくようなことは、なにもないし。だから、思いきって……さあ、わたしの荷物よ」

オルタンスは大きな革《かわ》のバッグを、窓《まど》の下におろした。ロシニーがそれを受け取り、腕《うで》に抱《だ》きかかえる。

「賽《さい》は投げられた。もうやるしかないわ」とオルタンスは言った。「イチイの木のある四つ辻《つじ》に車をとめて、待っていてちょうだい。わたしは馬で行くから」

「そりゃ困《こま》るな。馬まで乗せていけませんよ」

「馬はひとりで帰れるわ」

「なるほど……ああ、ところで……」

「なに?」

「三日前から滞在《たいざい》しているレニーヌ大公っていうのは、何者ですか? 誰《だれ》も知らないようなので」

「さあ、わからないわ。叔父《おじ》が狩《か》りのときに、友達の家で顔を合わせ、ここに招待《しょうたい》したの」

「あいつ、きみに気があるようだ。昨日、いっしょに散歩してましたよね。いけ好かないな、あの男」

「二時間後には、あなたといっしょにこの屋敷《やしき》を出るのよ。大騒《おおさわ》ぎになれば、セルジュ・レニーヌさんも熱が冷めるでしょう。おしゃべりはこれくらいにしなければ。時間を無駄《むだ》にできないわ」

オルタンスはでぶのロシニーが腰《こし》をかがめ、重そうに荷物をかかえて立ち去るのを、なおも数分のあいだ眺《なが》めていた。そして彼《かれ》が人気《ひとけ》のない小道まで遠ざかるのを見届《みとど》けると、窓《まど》を閉《し》めた。

庭園のかなたから角笛が鳴り響《ひび》き、目覚めのときを告げた。猟犬《りょうけん》の群《む》れが大声でいっせいに吠《ほ》え始める。マレーズ城《じょう》ではこの朝ちょうど、猟が始まろうとしていた。ことのほか狩りの好きなエーグルロッシュ伯爵《はくしゃく》と伯爵夫人は、毎年、九月の初め、友人たちや近くの館に住む狩猟《しゅりょう》仲間を城《しろ》に集めた。

オルタンスは念入りに化粧《けしょう》を整え、しなやかな体の線がくっきりとわかる乗馬服に着替《きが》えると、フェルト帽《ぼう》をかぶった。赤毛の美しい顔をつつみこむように、大きなひさしが広がっている。彼女《かのじょ》はライティングデスクの前に腰《こし》かけ、叔父《おじ》のエーグルロッシュ伯爵《はくしゃく》に宛《あ》てた手紙を書き始めた。城を出ていくと告げる手紙だ。その晩《ばん》、届《とど》けるつもりだったけれど、なかなかうまく書けず、何度も書き直したあげくにとうとうあきらめた。

(もっとあとで書くことにするわ。叔父さまの怒《いか》りが収《おさ》まったころに)

オルタンスはそう思いながら、天井《てんじょう》の高い食堂へ行った。

暖炉《だんろ》のなかで大きな薪《まき》が燃《も》え、壁《かべ》には猟銃《りょうじゅう》がいくつも飾《かざ》ってある。部屋中にあふれる招待客《しょうたいきゃく》は次々にエーグルロッシュ伯爵に近づき、握手《あくしゅ》を交わした。伯爵はがっちりとして首の太い、いかにも狩《か》りだけが楽しみの田舎貴族《いなかきぞく》らしい鈍重《どんじゅう》な外見をしていた。極上《ごくじょう》のシャンペンをなみなみと注《つ》いだ大きなグラスを手に、暖炉の前に立って乾杯《かんぱい》を繰《く》り返している。

オルタンスは気のないようすで叔父にキスをした。

「あら、叔父さま、いつもは節制《せっせい》していらっしゃるのに……」

「なに、年に一度のことだ。少しは羽目をはずしてもいいだろう」

「おばさまに叱《しか》られるわよ」

「あいつは頭痛《ずつう》がするとかで、二階の部屋にこもっている」そのあと伯爵は、ぶっきらぼうな口調でこう続けた。「だいいち、女房《にょうぼう》が口を出すことじゃない……おまえは、なおさらだ」

レニーヌ大公がオルタンスのそばにやって来た。とても上品な若《わか》い男で、青白いほっそりした顔をしている。その目は優《やさ》しげだったり厳《きび》しかったり、愛想がよかったり皮肉っぽかったりと、次々に表情《ひょうじょう》を変えた。

大公はオルタンスにおじぎをすると、手を取ってキスをした。

「約束のことは、おぼえていらっしゃいますよね？」と彼《かれ》はたずねた。

「約束？」

「ええ、昨日の散歩の続きをすることになっていたじゃないですか。まずは入り口をふさがれた、あの奇妙《きみょう》な外観の古城《こじょう》を訪《おとず》れてみようと……たしかアラングル城とかいう名でしたよね」

オルタンスの返事は、いささかそっけなかった。

「ごめんなさい。あそこは遠すぎるわ。わたし、ちょっと疲《つか》れていて。庭園をひとまわりしたら、戻《もど》るつもりなんです」

しばらく沈黙《ちんもく》が続いた。やがてセルジュ・レニーヌはにっこりすると、オルタンスの目をのぞきこみ、彼女《かのじょ》にだけ聞こえるような声で言った。

「約束は守ってもらえるものと、信じています。ぜひとも、散歩のお供《とも》をさせていただきます。そのほうがいいんです」

「誰《だれ》にとって？　あなたにとってでしょう？」

「それにオルタンスさんにとっても。断言《だんげん》します」

オルタンスは少し顔を赤らめ、言い返した。

「なにをおっしゃりたいのかしら」

「べつに謎《なぞ》かけをしているつもりはありません。でもアラングル城へむかう道は気持ちがいいし、あの城館は興味《きょうみ》深そうだ。こんなに楽しい散歩はないってことです」

「うぬぼれ屋さんなのね」

「それに頑固者《がんこもの》です」

オルタンスは苛立《いらだ》たしげなそぶりを見せたが、なにも答えなかった。レニーヌ大公が背《せ》をむけると、彼女はまわりの客たちと握手《あくしゅ》を交わし、部屋を出ていった。

玄関前《げんかんまえ》の階段《かいだん》をおりると、召使《めしつか》いが馬の支度《したく》をしていた。オルタンスは鞍《くら》にまたがり、木の生い茂《しげ》った庭園にむかった。

穏《おだ》やかでさわやかな天気だった。かすかにそよぐ木の葉のあいだから、澄《す》んだ青空が見える。オルタンスはぱかぱかと馬を走らせた。曲がりくねった小道を半時間ほど進むと、本街道が走る急斜面《きゅうしゃめん》のくぼ地に着いた。

オルタンスは馬をとめた。あたりは静まりかえっている。ロシニーはエンジンを切り、イチイの四つ辻《つじ》を囲む茂《しげ》みのなかに車を隠《かく》したのだろう。

四つ辻まで、多めにみつもって五百メートル。オルタンスはしばらく迷《まよ》ったあと、馬からおりた。手綱《たづな》をゆるめに結び、馬がほどいて屋敷《やしき》に帰れるようにした。彼女《かのじょ》は栗色《くりいろ》の長いヴェールで顔を覆《おお》い、歩き出した。ヴェールのすそが、肩《かた》のうえで揺《ゆ》れている。

思ったとおりだ。最初の角を曲がると、ロシニーの姿《すがた》が見えた。ロシニーはオルタンスに駆《か》け寄《よ》ると、彼女を雑木林《ぞうきばやし》に連れて行った。

「さあ、急いで。心配しましたよ。遅《おく》れるんじゃないか……もしかしたら、気が変わったんじゃないかって。いやあ、信じられないな。本当に来てくれたなんて」

オルタンスはにっこりした。

「そんなに嬉《うれ》しいの、馬鹿《ばか》なまねをするのが？」

「嬉しいですとも。きっときみにも喜んでもらえるはずだ」

「ええ、そうね。でもわたしは、節度を守るつもりよ」

「お好きなように、オルタンス。きっとおとぎ話のような暮《く》らしが送れるでしょう」

「だったら、あなたがおとぎ話の王子様ってわけ?」

「贅沢三昧《ぜいたくざんまい》も望みのままです」

「贅沢したいなんて、思ってないわ」

「それじゃあ、なにが欲《ほ》しいんですか?」

「幸福よ」

「ぼくがきみを幸せにします」

するとオルタンスは、冗談《じょうだん》めかして言った。

「あらまあ、いったいどんな幸せが待っていることやら」

「まあ、見ていてください……いまにわかりますよ」

二人は自動車の脇《わき》まで来た。ロシニーは、もごもごと喜びの言葉を口にしながらエンジンをかけた。オルタンスも自動車に乗りこみ、大きなコートをはおった。車は四つ辻《つじ》に続く草の小道を突《つ》き進んだ。ぐんぐんとスピードがあがってきたところで、ロシニーはいきなりブレーキをかけねばならなかった。右側の茂《しげ》みから銃声《じゅうせい》が響《ひび》いて、車は右に左にと蛇行《だこう》した。

「パンクだ。前輪のタイヤです」ロシニーは大声でそう言うと、車から飛びおりた。

「違《ちが》うわ」とオルタンスは叫《さけ》んだ。「銃で撃《う》たれたのよ」

「まさか。そんなはずない」

まさにそのとき、軽い衝撃《しょうげき》が二度続き、遠くで銃声が一発、二発と鳴り響いた。やはり茂みのなかからだ。

ロシニーは怒声《どせい》をあげた。

「今度は後輪だ……パンクしてる。やりやがったな、悪党《あくとう》め。とっつかまえてやる」

彼《かれ》は街道沿《かいどうぞ》いの土手をよじのぼったが、そこには誰《だれ》もいなかった。しかも雑木林《ぞうきばやし》の葉むらが、視界《しかい》をさえぎっている。

「なんてことだ」ロシニーは腹立《はらだ》たしげに言った。「きみの言うとおり、何者かが車を狙《ねら》って銃を撃ったらしい。ああ、これじゃあ走れない。何時間もここで、足止めを食らうことになる。タイヤを三つも修理《しゅうり》しなくちゃならないんだから。さて、どうしますか?」

オルタンスも車からおりると、興奮気味《こうふんぎみ》にロシニーのほうに駆《か》けよった。

「帰るわ……」

「どうして?」

「たしかめたいもの。誰かが銃を撃ったのよ。でも、誰が? それをたしかめたいの」

「離《はな》ればなれにならないほうがいい。お願いですから……」

「何時間もあなたを待っていられると思う?」

「いっしょにここを出るはずじゃないですか。あの計画はどうするんです?」

「明日……また話しましょう。城《しろ》に戻《もど》ってちょうだい……荷物を持ってきてね」

「お願いです、そんなこと言わないで。ぼくのせいじゃないのだから、恨《うら》みがましい顔をしないでください」

「恨《うら》んでなんかいないわ。でも女性《じょせい》を連れ出すのに、車がパンクしたらおしまいだわ。それじゃあ、またあとで」

オルタンスは急ぎ足で引き返した。さいわい馬はまだ、残してきた場所にいた。彼女《かのじょ》は駆《ギャロップ》け足で、マレーズ城《じょう》とは逆《ぎゃく》方向へむかった。

彼女は確信《かくしん》していた。三発の銃弾《じゅうだん》を放ったのはレニーヌ大公に違《ちが》いない……。

「そうよ」とオルタンスは腹立《はらだ》たしげにつぶやいた。「あの男だわ……あんなことするなんて、ほかに考えられないもの」

それにレニーヌ大公は悠然《ゆうぜん》とほほえみながら、自信たっぷりにこう言っていたではないか。

《あなたは必ずいらっしゃいます……お待ちしてますよ》と。

オルタンスは怒《いか》りと屈辱《くつじょく》で涙《なみだ》ぐんでいた。このときレニーヌ大公が目の前にいたら、鞭《むち》で打ちすえていただろう。

厳《きび》しくも美しい高原が、行く手に広がっていた。サルト県の北に位置するこの一帯は、小スイスとも呼《よ》ばれている。めざす場所に行きつくには、十キロの道のりを走破《そうは》しなければならず、険《けわ》しい坂道にさしかかるたびに、しかたなくスピードを緩《ゆる》めた。興奮《こうふん》がおさまり、徐々《じょじょ》に体から力が抜《ぬ》け始めたけれど、レニーヌ大公に対する怒りは冷めやらなかった。車をパンクさせるなんて、もちろんとんでもないが、この三日間のふるまいも腹立たしかった。自信たっぷりにつきまとい、慇懃無礼《いんぎんぶれい》な態度《たいど》を示《しめ》したことが。

オルタンスは目的地に近づいた。谷の奥《おく》に古びた城壁《じょうへき》が続いている。あたりは草ぼうぼうで、苔《こけ》むし、ひび割《わ》れた城壁のむこうに、城《しろ》の尖塔《せんとう》とよろい戸を閉《し》めた窓《まど》がいくつか見えた。ここがアラングル城だ。

壁《かべ》に沿《そ》ってひとめぐりすると、正門前の半円形広場にセルジュ・レニーヌが馬といっしょに立っていた。

オルタンスは馬から飛びおりた。レニーヌが帽子《ぼうし》を手に、近寄《ちかよ》ってくる。よくおいでくださいましたと頭をさげる大公にむかい、オルタンスは声を荒《あら》げて言った。

「まずひと言、いいかしら。さきほど、不可解《ふかかい》なことが起きました。わたしが乗っていた車にむけて、三発の発砲《はっぽう》があったんです。銃《じゅう》を撃《う》ったのはあなたでは？」

「ええ」

オルタンスは呆気《あっけ》にとられた。

「それじゃあ、認《みと》めるのね」

「たずねられたから、お答えしました」

「あんなことをする権利《けんり》が、あなたにあって？」

「わたしは権利を行使したのではなく、義務《ぎむ》に従《したが》ったまでです」

「あらまあ、それってどんな義務かしら？」

「あなたが苦境《くきょう》に陥《おちい》っているとき、それに付け込《こ》もうとする男からお守りする義務ですよ」

「そういう言い方はやめて欲《ほ》しいわね。自分のことは自分で決めます。わたしがなにをしようが自由だわ」

「実は今朝、あなたがお部屋の窓《まど》からロシニーさんと話していたのを、聞いてしまいました。どうやら、心から喜んであの男についていくわけではなさそうですね。「こんなふうに口出しするのは、ぶしつけで悪趣味《あくしゅみ》なことだとはわかってます。その点については、重々おわびしますが、たとえ無作法者のそしりを受けようとも、いましばらく考えなおす時間を持っていただきたかったのです」

「もう充分《じゅうぶん》、考えました。いったんこうと決めたら、意見を変えたりしません」

「いいえ、ときには気が変わることだってあるでしょう。いまだってあの男のそばでなく、ここにこうして来ているじゃないですか」

オルタンスは一瞬《いっしゅん》、答えに窮《きゅう》した。怒《いか》りはすっかり引いていた。彼女《かのじょ》は驚《おどろ》きでいっぱいになりながら、レニーヌを見つめた。ほかの人とはまったく違《ちが》う特別な人間、とてつもないことでも平気でやりとげる、公平で無私無欲《むしむよく》な人間を前にしたときに感じるような驚きだった。レニーヌはなんの下心もなく計算もなく行動しているのだと、彼女《かのじょ》にはよくわかっていた。たしかに本人が言うとおり、道を踏《ふ》みはずしかけた女を救おうとする、誠実《せいじつ》な男の義務感《ぎむかん》に駆《か》り立てられているのだ。

とても穏《おだ》やかな口調で、レニーヌはこう続けた。

「たしかにあなたのことはよく知りませんよ。でも、ちらほら話を聞くにつけ、お役に立てればと思うようになったんです。あなたは二十六歳《さい》で、ご両親はすでに亡《な》くなられています。六年前、エーグルロッシュ伯爵《はくしゃく》の義理《ぎり》の甥《おい》と結婚《けっこん》しましたが、夫になった男はいささか変わり者でした。彼《かれ》が持参金を使い果たしたあげく、精神《せいしん》に異常《いじょう》をきたして病院に閉《と》じこめられると、あなたは離婚《りこん》もできず、エーグルロッシュ伯爵の屋敷《やしき》で世話になるしかありませんでした。けれども叔父《おじ》は夫婦仲《ふうふなか》が悪く、うんざりするような毎日でした。伯爵夫妻《ふさい》は再婚同士《さいこんどうし》でした。伯爵の最初の妻《つま》は、伯爵夫人の最初の夫と駆け落ちしたのです。あとに残された二人は悔《くや》しまぎれに結婚したけれど、落胆《らくたん》と恨《うら》みがつのるばかりでした。あなたにとっては、いい迷惑《めいわく》だ。一年中ずっと、単調で窮屈《きゅうくつ》なさびしい生活を強《し》いられるのですから。そんなある日、ロシニーさんと出会いました。彼はあなたにひと目惚《ぼ》れし、いっしょにここを出ようと持ちかけました。べつに彼を愛していたわけではありません。でも屋敷の暮《く》らしには、嫌気《いやけ》がさしていました。失われていく若《わか》さ、単調な日々、冒険《ぼうけん》の渇望《かつぼう》……結局あなたは、ロシニーさんの誘《さそ》いを受け入れました。いざとなったら、彼の求愛をきっぱりとはねのければいい。スキャンダルが持ちあがれば伯爵も持参金を返して、縁《えん》を切ろうとするかもしれない。そうすれば独立《どくりつ》した生活が送れると、むじゃきな期待もいだいていました。これがいま、あなたの置かれている状況《じょうきょう》です。さあ、決めてください。ロシニーさんといっしょにここを出るか……ぼくに運命をゆだねるか」

オルタンスは顔をあげ、レニーヌを見つめた。どういうつもりなんだろう、この男は？　ひたすら献身的《けんしんてき》に尽《つ》くす友人のような、心をこめた申し出は、なにを意味しているのかしら？

しばらく沈黙《ちんもく》が続いたあと、レニーヌは手綱《たづな》を取って二頭の馬をつなぐと、どっしりとした門扉《もんぴ》を調べ始めた。両びらきの扉《とびら》はそれぞれ二枚《まい》の板を十字に打ちつけ、補強《ほきょう》してある。二十年も前の選挙ポスターが貼《は》ったままになっているところを見ると、それ以来屋敷《やしき》に入った者は誰《だれ》もいないのだろう。

レニーヌは半円形広場にめぐらせた金網《かなあみ》を支《ささ》える鉄棒《てつぼう》を、一本抜《ぬ》き取った。それをてこ代わりにして扉の補強板をはがすと、下から鍵穴《かぎあな》が出てきた。彼《かれ》はアーミーナイフで錠《じょう》をこじあけた。ほどなくドアがひらき、目の前にシダの生い茂《しげ》る庭が広がった。奥《おく》にたつ荒《あ》れ果てた屋敷《やしき》は四隅《よすみ》に尖塔《せんとう》がそびえ、中央のやぐらのうえは見晴らし台になっている。

大公はオルタンスをふり返った。

「急《せ》かすつもりはありません」と彼は言った。「今夜、決めていただければいいんです。ロシニーさんの申し出を再度《さいど》受け入れるというのなら、もう決してあなたのお邪魔《じゃま》はしないと名誉《めいよ》にかけて誓《ちか》いましょう。それまでは、どうかおそばにいさせてください。この城《しろ》を探検《たんけん》してみようと、せっかく昨日話し合ったのですから、よろしければなかをのぞいてみませんか？　暇《ひま》つぶしには悪くない。きっと興味《きょうみ》深いと思いますよ」

レニーヌの話し方には、有無を言わせないところがあった。丁寧《ていねい》にたのんでいるのだが、どこか命令口調なのだ。オルタンスはあえて逆《さか》らおうとしなかった。徐々《じょじょ》に抵抗心《ていこうしん》が薄《うす》れていく。レニーヌに言われるがまま、彼女《かのじょ》はあとについて屋敷にむかった。壊《こわ》れかけた階段《かいだん》をのぼると、玄関《げんかん》ドアにも補強板が十字に打ちつけてあった。

レニーヌはさっきと同じように板をはがし、錠をこじあけた。なかに入ると、そこは広い玄関ホールになっていた。床《ゆか》は白黒のタイル張《ば》りで、古い飾《かざ》り棚《だな》や背《せ》の高い椅子《いす》が並《なら》んでいる。壁《かべ》に飾られた木の盾形紋章《たてがたもんしょう》は、岩にとまった鷲《わし》を描《えが》いていた。天井《てんじょう》からたれさがった蜘蛛《くも》の巣のむこうに、もうひとつドアが見えた。

「きっと居間《いま》の入り口でしょう」とレニーヌは言った。

こちらはなかなかあかなかったので、肩《かた》から体当たりして力まかせに破《やぶ》った。

オルタンスはひと言も発しなかった。鍵《かぎ》のかかった家に手際《てぎわ》よく押《お》し入るのを目《ま》の当たりにして、いささか驚《おどろ》かずにはおれなかった。そんな胸《むね》の内を察したのだろう、レニーヌはふり返ると、まじめくさった口調でこう言った。

「こんなこと、ぼくにとっては朝飯前ですよ。昔は錠前屋《じょうまえや》だったんですから」

オルタンスは彼《かれ》の腕《うで》を取りながら、ささやいた。

「聞こえるでしょ？」

「どうしました？」

静かに、というように、彼女《かのじょ》はさらに強く腕を握《にぎ》った。レニーヌのほうも、ほとんど同時に小声で言った。

「たしかに、奇妙《きみょう》だな」

「ほら……聞いて……」オルタンスが驚いたように繰《く》り返す。「こんなこと、あるかしら？」

どこかほど近くから、乾《かわ》いた物音が聞こえてくる。なにかが規則的《きそくてき》に揺《ゆ》れるような音。注意深く耳を澄《す》ませば、すぐにわかる。あれは柱時計の音だ。そう、間違《まちが》いない。薄暗《うすぐら》い部屋の静寂《せいじゃく》を乱《みだ》すのは、メトロノームがリズムを刻《きざ》むように、重々しい銅《どう》の振《ふ》り子が左右に振れるチクタクという音だった。すべてが死に絶《た》えた館のなかで生きのびた、小さな機械仕掛《きかいじか》けの鼓動《こどう》ほど、驚くべきものがあるだろうか……なんという奇跡《きせき》、なんて摩訶不思議《まかふしぎ》な現象《げんしょう》だ。

「でも」とオルタンスは、まだ声を潜《ひそ》めて口ごもりながら言った。「でも、ここには長年、誰《だれ》も入っていないのよね？」

「いかにも」

「二十年間、誰もねじを巻《ま》かないのに、あの柱時計が動き続けていたなんてありえないわ」

「ええ、ありえません」

「だったら？」

セルジュ・レニーヌは三つある部屋の窓《まど》をひらき、よろい戸をこじあけた。

はたしてそこは居間《いま》だった。椅子《いす》はきちんと並《なら》んでいるし、家具もそろっていて、乱《みだ》れたところはまったくない。この部屋をくつろぎの場として使っていた館の住人は、なにひとつ持たずに出ていったのだろう。読みかけの本も、テーブルや小卓《しょうたく》のうえの骨《こっ》とう品《ひん》もそのままだ。

レニーヌは古い田舎風《いなかふう》の柱時計を調べた。彫刻《ちょうこく》をほどこした背《せ》の高いケースにあいた、楕円形《だえんけい》のガラス窓《まど》から、丸い振《ふ》り子が見える。扉《とびら》をあけると、ひもにつながったおもりは動きをとめていた。

とそのとき、柱時計は突然《とつぜん》、鳴り始めた。ボーン、ボーンと八回、時を打つ音は続いた。オルタンスはその音を決して忘《わす》れられないだろう。

「驚《おどろ》きだわ」と彼女《かのじょ》はつぶやいた。

「本当に驚きです。とても単純《たんじゅん》な仕組みですからね、これでは一週間動き続けるのがせいぜいでしょう」

「なにか変わった点はないの？」

「いや、まったく……ただ……」

レニーヌは身をかがめ、柱時計の奥《おく》に手を入れた。おもりの陰《かげ》から金属製《きんぞくせい》のチューブを取り出し、光にかざす。

「望遠鏡だな」彼《かれ》はもの思わしげに言った。「どうしてあんなところに隠《かく》してあったんだろう？　しかも、めいっぱい伸《の》ばしたままだし……こいつは妙《みょう》だぞ……どういうことなんだ」

柱時計がまた、八回鳴り響《ひび》いた。こうした時計はたいてい、二度繰《く》り返して時を告げる仕組みになっている。レニーヌはケースの扉を閉《し》めると、望遠鏡を持ったままあたりの調べを続けた。広い出入り口を抜《ぬ》けると、隣《となり》には喫煙室《きつえんしつ》らしい小部屋があった。ここも家具は整っているが、銃《じゅう》をしまう飾《かざ》り棚《だな》は空っぽだった。わきの壁《かべ》に貼《は》ってある日めくりカレンダーは、九月五日を示《しめ》している。

「まあ」オルタンスは唖然《あぜん》としたような声をあげた。「今日と同じだわ……ここに住んでいた人たちは、九月五日までカレンダーをめくっていた……そしてちょうど同じ日に、わたしたちが入ってきたなんて。信じがたい偶然《ぐうぜん》だわ」

「本当に信じられない」とレニーヌも繰《く》り返した。「住人がここを出たのが、今日と同じ日だったとは……二十年前の今日……」

「おかしなことだらけじゃないの……そうでしょ」

「ええ……たしかに。それでも……」

「なにか考えがあるの?」

何秒かして、レニーヌは答えた。

「気になるのは、時計のなかに隠《かく》されていたこの望遠鏡です……きっと立ち去るまぎわに、放りこんだのでしょう。でも、いったいなにに使っていたのか? 一階の窓《まど》からは、庭の木しか見えないのに。ほかの窓からでも、おそらく同じです。ここは谷の底ですから、遠くはまったく見えません。この望遠鏡を使うには、いちばんうえまでのぼらないと……いっしょに行ってみましょう」

オルタンスはためらわなかった。謎《なぞ》に満ちた冒険《ぼうけん》に好奇心《こうきしん》を掻《か》き立てられるあまり、レニーヌのあとについて探索《たんさく》の手助けをすることで頭がいっぱいだった。

こうして二人は中央階段《かいだん》をのぼり、三階についた。平屋根から続くらせん階段のうえが見晴らし台だ。

そこは屋根のないテラスだった。高さが二メートル以上もある壁《かべ》が、まわりをぐるりと囲んでいる。

「もともとあった銃眼《じゅうがん》を、あとからふさいだようだな」とレニーヌ大公は言った。

「ほら、かつてはここに穴《あな》があいていたんだ。いまは埋《う》められているけれど」

「どっちみち、これでは望遠鏡も役に立たないわ。おりるしかなさそうね」

「その意見には賛成《さんせい》できないな。平野を見おろす隙間《すきま》が、どこかにあるはずです。望遠鏡はここで使われたに違《ちが》いない。そうとしか考えられないんです」

レニーヌは壁に手をかけてよじのぼり、うえに顔を出した。そこからなら谷や庭が見渡《みわた》せる。高い木々がところどころ視界《しかい》を遮《さえぎ》っているけれど、遠くに崩《くず》れかけた低い塔《とう》が見えた。距離《きょり》にして七、八百メートルもあるだろうか、緑の丘《おか》に続く断崖《だんがい》のはしあたりで、外壁《がいへき》は蔦《つた》に覆《おお》われている。

レニーヌは再《ふたた》び調査《ちょうさ》にかかった。彼《かれ》にとって問題は、ともかくこの望遠鏡にあるらしい。それをどうやって使ったのかがわかれば、すべてがたちどころに解決《かいけつ》すると思っているかのようだ。

彼は銃眼《じゅうがん》を順番に調べて、はっと気づいた。なかにひとつだけ、埋《う》め方の違《ちが》うものがある。石膏《せっこう》を塗《ぬ》りこめた真ん中に、土をつめた窪《くぼ》みがあり、そこから草が生えているのだ。

草を抜《ぬ》いて土を取り除《のぞ》くと、壁《かべ》を貫通《かんつう》する直径二十センチほどの穴《あな》があいた。レニーヌは体をかがめて、なかをのぞきこんだ。細長い穴からまっすぐ前を見ると、こんもりと茂《しげ》った木々の梢《こずえ》を越《こ》え、丘《おか》の断崖《だんがい》を抜《ぬ》けた先に、ちょうど蔦の塔《とう》が立っている。

穴の奥《おく》に掘《ほ》られた溝《みぞ》には、望遠鏡がぴたりとはまった。これなら少しも左右に動かない……。

レニーヌはレンズの外側をふき、照準《しょうじゅん》がずれないように注意しながらのぞき口に目をあてた。

そのまま三、四十秒間、黙《だま》って注意深く望遠鏡をのぞいていたが、やがて体を起こすと、うわずった声でこう言った。

「恐《おそ》ろしいことだ……本当に恐ろしい……」

「どうしたの？」オルタンスは不安げにたずねた。

「見てごらんなさい」

オルタンスは腰《こし》をまげて望遠鏡をのぞいたけれど、最初はぼやけてよく見えなかった。焦点《しょうてん》が合ったとたん、彼女《かのじょ》は震《ふる》えあがった。

「案山子《かかし》がふたつ、見えるわね。でもあんなところに、どうして案山子が？」

「もっとよく見てください」とレニーヌは繰《く》り返した。「帽子《ぼうし》の下の顔を……」

「まあ、なんてことかしら！」オルタンスはいまにも卒倒《そっとう》せんばかりに叫《さけ》んだ。

望遠鏡の丸いレンズにうつる光景は、まるでスポットライトに照らし出されたかのようだ。崩《くず》れかけた塔《とう》のてっぺん。舞台《ぶたい》の背景《はいけい》さながら、うしろの壁《かべ》だけがほかより高い。そこから蔦《つた》の波が、下に押《お》し寄《よ》せていた。手前に生い茂《しげ》る灌木《かんぼく》のなかには、男と女が折り重なって、瓦礫《がれき》のうえに横たわっている。

でもそれは、とうてい人間とは思えないしろものだった。不気味なマネキン人形とでも言おうか、たしかに服は着ているし、ぼろぼろの帽子《ぼうし》もかぶっているけれど、目もなければ頬《ほほ》もあごもなく、一片《いっぺん》の肉すら残っていない、まさしく二体の骸骨《がいこつ》ではないか？

「骸骨だわ」オルタンスは口ごもるように言った。「服を着たままの骸骨……でも、誰《だれ》があんなところに運んだのかしら？」

「運んだのではありません」

「でも……」

「二人はあの塔のうえで死んだのでしょう。それから何年もがすぎ……肉は服の下で朽《く》ち果て、カラスにむさぼられた……」

「なんて恐《おそ》ろしい！」オルタンスの顔は青ざめ、嫌悪感《けんおかん》で引きつっていた。

三十分後、オルタンス・ダニエルとセルジュ・レニーヌはアラングル城《じょう》をあとにした。家路につく前に、蔦の塔まで足を伸《の》ばした。それは半ば崩れかけた、古い主塔の名残りだった。なかは空っぽだが、木のはしごや階段《かいだん》の残骸《ざんがい》がまだ地面に散らばっているところを見ると、しばらく前まではうえにのぼれたようだ。塔は庭を囲む城壁《じょうへき》を背《せ》にして立っていた。

オルタンスが驚《おどろ》いたことに、なぜかレニーヌ大公はこれ以上綿密《めんみつ》な調査を続ける気はないらしい。まるでこの事件《じけん》に興味《きょうみ》を失ってしまったかのように、もう話題にもしなかった。近くの村の宿屋で食事をしたときも、無人の城《しろ》について店のあるじにたずねたのは、オルタンスのほうだった。しかし成果はなかった。あるじはもともと土地の人間ではなかったので、なにもわからなかった。城の名前さえ知らなかったくらいだ。

二人はマレーズ城《じょう》へむけて引き返した。オルタンスは望遠鏡で凝視《ぎょうし》した忌《いま》わしい光景を、繰《く》り返し脳裏《のうり》によみがえらせた。けれどもレニーヌは、陽気そのものだった。いっしょにいるオルタンスへの気づかいも忘《わす》れず、死体のことなどまるで無関心そうだ。

「ああ、もうだめ！」とオルタンスは我慢《がまん》しきれずに叫《さけ》んだ。「このままじゃいられないわ。ちゃんと決着をつけなくては」

「たしかに、決着をつけねばなりません。ロシニーさんに事情《じじょう》を話さなければ。あなたも態度《たいど》をはっきりさせる必要があります」

オルタンスは肩《かた》をすくめた。

「それもあるけど、いま重要なのは……」

「いま重要なのは？」

「二つの死体が誰《だれ》なのかってことよ」

「でも、ロシニーさんは……」

「ロシニーさんは待ってくれるけど、わたしは待てないの」

「なるほど。どのみち彼《かれ》はまだ、パンクの修理《しゅうり》を終えていないでしょう。でも、彼になんと言うつもりです？　それが問題だ」

「問題は、わたしたちが見たものよ。あなたが目の前に投げ出した謎《なぞ》。大事なのはそれだけだわ。あなたはどうするつもり？」

「どうするって？」

「だって、死体が二つもあったのよ……警察《けいさつ》に通報《つうほう》したほうがいいのでは？」

「まさか」レニーヌは笑って答えた。「そんなことをして、なにになるんです？」

「でも、あの謎はなんとしてでも解明《かいめい》しなくちゃ……恐《おそ》るべき事件《じけん》だもの」

「謎ときには、誰の手を借りる必要もありません」

「どういうこと？　なにかわかったっていうの？」

「そりゃもう、火を見るよりも明らかじゃないですか。挿絵《さしえ》入りで詳《くわ》しく書かれた本を読むみたいなものだ。すべて単純明快《たんじゅんめいかい》です」

オルタンスは横目でレニーヌの表情《ひょうじょう》をうかがった。この男は、わたしのことをからかっているのだろうか？　でも、顔つきは大まじめだ。

「それで？」と彼女《かのじょ》は興奮気味《こうふんぎみ》にたずねた。

日はすでに傾《かたむ》きかけていている。二人は足早に歩いていた。マレーズ城《じょう》に近づいたとき、狩《か》りの一行が戻《もど》ってきた。

「まずは誰《だれ》か古くからの住人に立ちあってもらい、手がかりを検討《けんとう》します。どなたか適任者《てきにんしゃ》をご存知《ぞんじ》ですか？」

「叔父《おじ》がいいわ。この土地を離《はな》れたことがないから」

「エーグルロッシュ伯爵《はくしゃく》なら申し分ない。さっそく話を聞きましょう。すべての事実がひとつひとつ、どのように結びついているのかが、あなたにもわかるはずです。鎖《くさり》の最初の輪を手にしたら、あとは否応《いやおう》もなく最後の輪までたどり着くものでね。こんなに面白いことは、ほかにありませんよ」

城《しろ》に着くと、オルタンスはひとりで部屋に戻った。車に残してきた荷物と、ロシニーの怒《いか》りに満ちた手紙が届《とど》いていた。もうお別れだ、ひとりで出ていくと書かれている。

(願ったりだわ)とオルタンスは思った。(つまらない男だけど、最後はいい解決《かいけつ》策《さく》を選んだわね)

ロシニーとのつき合いも、城から逃《に》げ出す計画も、きれいさっぱり頭から消えていた。本当につまらない男だわ。それに比《くら》べてレニーヌには、びっくりさせられることばかりだった。数時間前までは、いけ好かないやつだと思っていたのに。

レニーヌがドアをノックした。

「叔父上は書斎《しょさい》にいます。いっしょに来てください。お話があると伝えてありますから」

オルタンスは彼《かれ》のあとについていった。

「それから、あとひと言」レニーヌがつけ加える。「今朝、ぼくはあなたの計画に待ったをかけ、頼《たよ》るならこのぼくをとお願いしました。だから、あなたに対して責《せき》任《にん》がある。それはすぐにでも果たすつもりです。確固《かっこ》たる証拠《しょうこ》をお見せしますよ」

「たしかに、ひとつだけ責任があるわね。わたしの好奇心《こうきしん》を満足させる責任が」オルタンスは笑いながら言った。

「まかせてください」とレニーヌは重々しい口調で答えた。「エーグルロッシュ伯《はく》爵《しゃく》がぼくの推理《すいり》を裏《うら》づけてくれれば、あなたが思ってもいないほど満足させてあげますよ」

エーグルロッシュ伯爵はひとりで待っていた。パイプをふかし、シェリー酒を飲んでいる。レニーヌにも一杯すすめたけれど、彼《かれ》は断《ことわ》った。

「じゃあ、おまえは？　オルタンス」と伯爵は言った。ろれつが少しまわっていない。「なにしろここで楽しみごとといったら、いまの時期、九月のこの数日間しかないからな。せっかくの機会だぞ。レニーヌさんとの散歩はどうだった？」

「お話ししたいのは、まさにそのことなんですよ」と大公はさえぎった。

「申しわけないが、あと十分で出かけねばならない。家内の友達をむかえに、駅まで行くのでね」

「ああ、十分もあれば話はすみます」

「葉巻《はまき》を一本吸《す》うのに、ちょうどいい時間だな」

「それ以上はかかりません」

レニーヌはエーグルロッシュ伯爵が差し出した箱から葉巻を一本抜《ぬ》き取り、火をつけるとこう言った。

「実はたまたま散歩の途中《とちゅう》、古い城館《じょうかん》を見かけまして。あなたもご存《ぞん》じでしょう。アラングル城です」

「たしかに知っているが、もう四半世紀前から締《し》め切りになっているはずだ。なかには入れなかっただろ？」

「それが入れたんです」

「ほう、なにか面白いものでもあったかね？」

「ありましたとも。実におかしなものが見つかりました」

「いったいどんな？」伯爵《はくしゃく》は懐中《かいちゅう》時計に目をやりながらたずねた。

「扉《とびら》を封《ふう》じた部屋、昔のままの居間《いま》、ぼくたちの到着《とうちゃく》を知らせるかのように、突然《とつぜん》鳴り出した不思議な柱時計……」

「些細《ささい》なことばかりだ」エーグルロッシュ伯爵はつぶやいた。

「もっと驚《おどろ》くべきものもありました。見晴らし台にのぼると、遠くの塔《とう》に……死体がふたつ、見えたんです。むしろ骸骨《がいこつ》が二体と言ったほうがいいでしょう……ひとつは男、もうひとつは女で、殺されたときの服をまだまとっていました」

「殺されたっていうのは、ただの推測《すいそく》だろうが……」

「間違《まちが》いありません。そのことであなたにおうかがいしたくて、こうしてやってまいりました。二十年ほど前にさかのぼる事件《じけん》だと思うのですが、当時噂《うわさ》になりませんでしたか？」

「いや、まったく」エーグルロッシュ伯爵はきっぱりと言った。「殺人事件や行方不明事件があったなんて、聞いたこともない」

「ああ、なにか参考になるお話が聞けると思ったのですが」レニーヌは少し困《こま》ったように言った。

「すまんね」

「どうも、お邪魔《じゃま》しました」

レニーヌはオルタンスに目で合図し、ドアのほうへ歩きかけたが、思いなおして足を止めた。

「それでしたら、どなたか紹介《しょうかい》していただけませんか……お近くにいる人間やご親類のなかで、事件について知っていそうな方を」

「親類のなかで？　どうして？」

「アラングル城《じょう》はエーグルロッシュ家の持ち物だったからです。きっと、いまでもそうです。玄関《げんかん》に飾《かざ》ってあった紋章《もんしょう》は、鷲《わし》が岩のうえにとまっている絵柄《えがら》でした。鷲《エーグル》と岩《ロッシュ》……それでぴんときたんです」

そう言われて、伯爵も驚《おどろ》いたらしい。シェリーのボトルとグラスをわきに押《お》しのけると、こう言った。

「なにを言うかと思えば。そんな隣人《りんじん》は、知らなかったな」

「思うに、あなたはお認《みと》めになりたくないのでは？　謎《なぞ》の城主《じょうしゅ》と、ご親戚《しんせき》だということを」

「つまりその男は、あまり立派《りっぱ》な人物ではないと？」

「単に人殺しだというだけですが」

「なんだって？」

伯爵《はくしゃく》は思わず立ちあがっていた。オルタンスはあわててレニーヌにたずねた。

「間違《まちが》いないのかしら？　殺人事件《さつじんじけん》が起きて、犯人《はんにん》が城《しろ》の住人だったってことは？」

「確実《かくじつ》です」

「でも、どうしてそう言えるの？」

「二人の被害者《ひがいしゃ》が誰《だれ》なのかも、殺人の動機がなんなのかも、ぼくにはわかっているからです」

レニーヌ大公がただひと言、断言《だんげん》するのを聞いただけで、動かせぬ証拠《しょうこ》にもとづいているのだとわかった。

エーグルロッシュ伯爵は手をうしろに組み、部屋を行ったり来たりした。

「ずっと気がかりだった。なにかあったんじゃないかってね。でも、きちんと調べてみなかった……たしかにいまから二十年前、遠縁《とおえん》のひとりがアラングル城に住んでいた。さっきも言ったように詳《くわ》しいことは知らないが、うすうす感づいてはいた。だが、同じエーグルロッシュの名を持つ男だから、公にならないほうがいいと思って」

「では、その男が殺したのだと？」

「やむをえずにな」

レニーヌは首を横にふった。

「残念ながら、いまの言葉は訂正《ていせい》せざるを得ませんね。やむをえずなんかじゃない、卑劣《ひれつ》なやりかたで、平然と殺したんです。こんなに残酷《ざんこく》で、忌《いま》わしい犯罪《はんざい》もないでしょう」

「きみはなにを知っているんだ？」

とうとうレニーヌが真実を明かすときが来た。不安に満ちた、厳《おごそ》かなとき。これから震《ふる》えあがるような話が始まるのだと、オルタンスにはよくわかっていた。大公が一歩一歩乗りこんでいく事件《じけん》がどのようなものか、まだ見当もつかなかったけれど。

「話はきわめて単純《たんじゅん》です」とレニーヌは語り始めた。「あらゆる点から見て、そのエーグルロッシュ氏なる人物は結婚《けっこん》していたものと思われます。そしてアラングル城《じょう》の近くには、もうひと組、別の夫婦《ふうふ》が暮《く》らしていました。エーグルロッシュ夫妻《ふさい》とその夫婦は、親しくつき合っていました。彼《かれ》らのあいだに、ある日なにかが起こりました。四人のうち、誰《だれ》が最初にトラブルを持ちこんだのでしょう？　それはぼくにもわかりません。しかし、真っ先に思いつく説明はこうです。エーグルロッシュ夫人は友人の夫と、蔦《つた》の塔《とう》で逢引《あいびき》きをしていたのです。あの塔から、そのまま平野に出られますからね。ご親戚《しんせき》のエーグルロッシュ氏はそれを知って、復讐《ふくしゅう》を決意しました。しかし、大騒《おおさわ》ぎにならないようにやらねばなりません。誰が二人を殺したのか、知られないようにしなければ。そうこうするうち、彼は気づきました。ぼくも今日の午後、わかったんですがね。木々の梢《こずえ》と庭の起伏《きふく》を飛び越《こ》え、八百メートルほど離《はな》れたあの塔が見える場所が、城《しろ》にはひとつある。屋上の見晴らし台。塔のてっぺんが望めるのは、そこだけだと。彼は見晴らし台の壁《かべ》に、穴《あな》をあけました。石膏《せっこう》でふさいだ銃眼《じゅうがん》の跡《あと》の部分です。溝《みぞ》にはめこんだ望遠鏡を使って、彼は密会《みっかい》の現場《げんば》をのぞき見していました。塔までの距離《きょり》を測《はか》り、準備万端《じゅんびばんたん》整えたうえで、九月のある日曜日、ちょうど城に誰もいないときに、二人を撃《う》ち殺したのです」

真実が姿《すがた》をあらわし始めた。光が闇《やみ》と戦っている。伯爵《はくしゃく》はつぶやいた。

「うむ……たしかに、それがことのなりゆきだったのかもしれん。そうやって、あいつは……」

「犯人《はんにん》は銃眼《じゅうがん》の穴《あな》に土をつめ、念入りにふさいでおきました」とレニーヌは続けた。

「あの塔のうえに死体が二つあるなんて、わかりはしないでしょう。誰も訪《おとず》れないところですから。しかも犯人《はんにん》は念のため、木の階段《かいだん》を壊《こわ》しておきました。あとは妻《つま》と友人が姿《すがた》を消したわけを、説明するだけです。なに、難《むずか》しいことではありません。二人は駆《か》け落ちをしたのだと、ふれまわればいいのです」

オルタンスははっとした。レニーヌの話がどこにむかおうとしているのか、突然《とつぜん》わかった。まるで最後の言葉が、思いもかけなかった事件《じけん》の全貌《ぜんぼう》を示《しめ》していたかのように。

「なんだって？」

「エーグルロッシュ氏は、妻と友人が駆け落ちをしたとふれまわった。そう言っているんです」

「いえ、変だわ。おかしいわよ」とオルタンスは叫《さけ》んだ。「これは叔父《おじ》さんのことじゃなく、親戚《しんせき》の話でしょ。その二つを混同《こんどう》しているんじゃないの？」

「この話と、当時もちあがった別の話を混同しているって？」と大公は答えた。

「そんなことありませんよ。話はひとつきり、ぼくはそれをありのままに語っているんです」

オルタンスは叔父をふり返った。伯爵《はくしゃく》は腕《うで》を組んだまま、じっと押《お》し黙《だま》っている。ランプシェードが作る影《かげ》に隠《かく》れて、表情《ひょうじょう》はよくわからなかった。どうして叔父さんは言い返さないのだろう？

レニーヌはきっぱりとした口調で続けた。

「そう、話はひとつきりなんです。九月五日の晩《ばん》、八時、エーグルロッシュ氏は逃《に》げた二人を捜索《そうさく》するという名目で城《しろ》をあとにしました。玄関《げんかん》のドアや門扉《もんぴ》は、厳重《げんじゅう》に閉《と》じておきました。部屋の家具や装飾品《そうしょくひん》は置いたままですが、飾《かざ》り棚《だな》のなかの銃《じゅう》だけは持っていきました。城を出る間際《まぎわ》になって、彼《かれ》はふと嫌《いや》な予感がしました。いまになってみると、的中していたのですが、犯罪計画《はんざいけいかく》に重要な役割《やくわり》を果たした望遠鏡が見つかったら、捜査《そうさ》が始まるかもしれないと思ったのです。彼は望遠鏡を柱時計のケースに放りこみました。たまたまそれが引っかかって、振《ふ》り子が動かなくなりました。犯罪者というのは、こうした無意識《むいしき》の失敗を犯《おか》してしまうものなんです。はたして二十年後、それが彼《かれ》の犯罪《はんざい》を暴《あば》いてしまった。居間《いま》のドアを体当たりで破《やぶ》ったとき、振動《しんどう》で望遠鏡が振《ふ》り子からはずれたのでしょう。時計はまた動き出し、八時を打った……こうしてぼくは迷宮《めいきゅう》のなかを導《みちび》く＊アリアドネの糸を手にしたのです」

「でも、証拠《しょうこ》はあるの？　証拠は」オルタンスは口ごもるように言った。

「証拠ですって？」レニーヌはきっぱりと聞き返した。「そんなもの、いくらでもあるじゃないですか。あなただって、よくわかっているはずだ。八百メートルも離《はな》れたところから狙《ねら》った相手を撃《う》ち殺すなんて、狩《か》りの大好きな、腕《うで》のいい射撃手《しゃげきしゅ》でなければできません。そうですよね、エーグルロッシュ伯爵《はくしゃく》？　ほかにも証拠が欲《ほ》しいですか？　城《しろ》からは銃《じゅう》のほか、なにも持ち出されていませんでした。狩りの愛好家にとって、銃はなくてはならないものです。違《ちが》いますか、エーグルロッシュ伯爵？　その銃はここの壁《かべ》に飾《かざ》ってあるのでは？　ほかの証拠？　犯行の日、九月五日は、犯人の脳裏《のうり》に忌《いま》わしい記憶《きおく》を残しました。だから毎年、その時期だけ、犯人は憂《う》さ晴らしをするのでしょう。だから毎年、九月五日、犯人は日ごろの節制《せっせい》を忘《わす》れて、深酒をするんです。ところで今日は、その九月五日ですよね。ほかに証拠？ もうこれだけで、充分《じゅうぶん》じゃないですか」

そしてレニーヌは腕を伸《の》ばし、エーグルロッシュ伯爵を指さした。恐《おそ》ろしい過去《かこ》を暴かれた伯爵は、肘掛《ひじか》け椅子《いす》にすわりこみ、両手で顔を覆《おお》っている。

オルタンスはなにも反論《はんろん》しなかった。この叔父《おじ》に――というか夫の叔父に――好意を感じたことはなかった。彼に対する告発にも、すぐに納得《なっとく》がいった。

一分が過《す》ぎた。

エーグルロッシュ伯爵はたて続けに二杯《はい》、シェリー酒をグラスに注《つ》ぐと、いっきに空けた。それから立ちあがって、レニーヌに近づいた。

「いまの話が真実だろうが、そうでなかろうが、不貞《ふてい》をはたらいた妻《つま》を亡《な》き者にして、名誉《めいよ》を回復《かいふく》した夫を犯罪者呼《よ》ばわりはできまい」

「ええ、そうですね」とレニーヌは答えた。「でもぼくはまだ、第一の推理《すいり》しかお

＊ギリシャ神話に出てくる、迷宮の道しるべ。

話していません。実はもうひとつ、別の推理《すいり》があるんです。もっと重大で……もっと信憑性《しんぴょうせい》の高い推理が。さらに綿密《めんみつ》な捜査《そうさ》が行われれば、きっとこちらにたどり着くでしょう」

「なにが言いたいんだ？」

「つまり犯人《はんにん》は妻《つま》の不貞《ふてい》を罰《ばっ》するため、殺人を犯《おか》したのではないということです。ぼくはさっき寛大《かんだい》にも、そんなふうに説明しましたがね。おそらく犯人はお金に困《こま》ったあげく、友人の財産《ざいさん》と奥《おく》さんを横取りしようとしたのでしょう。彼《かれ》は邪魔《じゃま》になった妻と友人をやっかいばらいするため、二人に罠《わな》を仕掛《しか》けました。あの廃墟《はいきょ》の塔《とう》におびき出し、遠くの安全な場所から銃《じゅう》で撃《う》ち殺したのです」

「いや、違《ちが》う。間違いだ」と伯爵《はくしゃく》は言い返した。

「そうかもしれません。でもぼくは、証拠《しょうこ》にもとづいて告発しているんです。直感や推測《すいそく》にたよる部分もあるけれど、いままでのところ的中していました。ぼくだってこの第二の推理が間違いならいいと思いますがね。だとしたら、どうして良心が痛《いた》むんです？ 罪《つみ》びとを罰したなら、良心の呵責《かしゃく》などないはずです」

「人を殺せば、誰《だれ》でも悔恨《かいこん》の念はあるさ。それは胸《むね》にのしかかる重荷なんだ」

「それじゃあ、のちにエーグルロッシュ氏が、殺した男の未亡人《みぼうじん》と結婚《けっこん》したのは、気力を奮《ふる》い立たせるためだったと？ だって問題は、そこにあるのですから。どうして二人は結婚したのでしょう？ エーグルロッシュ氏は破産《はさん》しており、再婚《さいこん》相手は金持ちだったから？ それとも、二人は愛し合っていたから？ もともと彼らは共謀《きょうぼう》して、互《たが》いの配偶者《はいぐうしゃ》を殺したのでは？ そこはぼくにもわからないし、とりあえずどうでもいいことです。警察《けいさつ》が乗り出せば、持てる手段《しゅだん》を駆使《くし》して、難《なん》なく明らかにするでしょう」

　エーグルロッシュ伯爵はよろめき、椅子《いす》の背《せ》につかまらねばならなかった。彼は真っ青な顔で、口ごもるように言った。

「警察に訴《うった》え出るつもりなのか？」

「とんでもない」とレニーヌは答えた。「だいいち、すでに時効《じこう》が成立しています。

それに二十年間も、後悔《こうかい》と不安に苛《さいな》まれていたんです。忌《いま》わしい記憶《きおく》は死の瞬間《しゅんかん》まで、犯人《はんにん》につきまとうでしょう。夫婦喧嘩《ふうふげんか》が絶《た》えず、憎《にく》しみがつのり、地獄《じごく》の日々が続きます。そのうえ犯行現場《げんば》に戻《もど》り、二人を殺した跡《あと》を消さねばならないという大仕事が待っています。あの塔《とう》にのぼり、骸骨《がいこつ》に触《さわ》って服を脱《ぬ》がせ、埋葬《まいそう》するという、怖気《おぞけ》をふるう責《せ》め苦が……それで充分《じゅうぶん》じゃないですか。高望みはやめましょう。なにも好きこのんで、噂《うわさ》のたねをまく必要はありません。エーグルロッシュ氏の姪《めい》ごさんが、スキャンダルに巻《ま》きこまれるのは避《さ》けたほうがいい。そう、たしかに忌《い》むべき犯罪《はんざい》ですが、ことを荒立《あらだ》てないでおきましょう」

伯爵《はくしゃく》はテーブルの前で姿勢《しせい》を正し、両手を額《ひたい》に押《お》しあてながら小声でたずねた。

「それなら、どうして？」

「どうして口をはさんだのかって？」とレニーヌは答えた。「こんなふうに話したのには、なんらかの目的があるはずだと？　もちろんです。たとえささいなものにせよ、やはり報《むく》いは受けてもらわねば。それにわれわれの話し合いにも、現実的《げんじつてき》な結末をつけねばなりません。しかし、なにも心配はいりません。安いもんですよ。それで罰《ばつ》を逃《のが》れられるんです」

勝負はついた。あとはちょっとした手続きをすませるだけだな、と伯爵は思った。それくらいの犠牲《ぎせい》はしかたない。彼《かれ》はほっとして、いささか皮肉ぎみにたずねた。

「それで、いくらなんだ?」

レニーヌは笑い出した。

「けっこう。話がわかりますね。でも、ゆすり屋あつかいされては困《こま》ります。ぼくは名誉《めいよ》のために働いているんですから」

「というと?」

「返還《へんかん》していただければ、それでいいんです」

「返還だって?」

レニーヌは机《つくえ》に身をのり出した。

「その引き出しに、あるはずです。あなたにサインしてもらわねばならない証書《しょうしょ》が。

あなたと姪《めい》のオルタンス・ダニエルさんとの、示談《じだん》取り決め書です。彼女《かのじょ》の財産《ざいさん》が使い果たされたことについては、あなたにも責任《せきにん》があります。ですから示談書にサインしていただかないと」

エーグルロッシュ伯爵《はくしゃく》はびくっとした。

「どれほどの金額《きんがく》か、わかっているのか？」

「べつに知りたいとは思いません」

「もし、嫌《いや》だと言ったら？」

「エーグルロッシュ伯爵夫人とお話しします」

伯爵はためらわず引き出しをあけると、印紙を貼《は》った証書《しょうしょ》を取り出し、すばやくサインをした。

「さあ、これで……」

「これでぼくとあなたのあいだには、もうなんのかかわりもないと？　ええ、そのとおりです。ぼくは今夜、ここを発ちます。おそらく姪ごさんも、明日。それでは、伯爵」

まだ招待客《しょうたいきゃく》たちが誰《だれ》もいない居間《いま》で、レニーヌはオルタンスに証書を渡《わた》した。彼女は話のなりゆきにびっくりしているようすだった。容赦《ようしゃ》なく明るみに出された叔《お》父《じ》の過去《かこ》にも驚《おどろ》かされたが、それにもまして印象的だったのは、レニーヌの明晰《めいせき》な頭脳《ずのう》と並《なみ》はずれた洞察力《どうさつりょく》だ。この数時間、彼《かれ》の思いどおりにことは進んでいった。そしてオルタンスの目の前に、誰も目撃《もくげき》したわけでもない事件《じけん》を描《えが》き出したのである。

「これでご満足いただけましたか？」

オルタンスは両手をさし出した。

「おかげでロシニーの言いなりにならずにすみました。自由と自立も手に入ったし、心からお礼を言うわ」

「いえ、礼にはおよびません。楽しんでいただけたら、それで充分《じゅうぶん》です。あなたの毎日は単調で、わくわくするようなことはなにもありませんでしたよね。それは今日も同じでしたか？」

「たずねるまでもないでしょうに。これ以上ないほど激《はげ》しく、不可思議《ふかしぎ》なひとときを過《す》ごしたわ」

「それこそが人生です。目のつけどころやさがし方さえわかれば、冒険《ぼうけん》はいたるところに見つかります。みすぼらしい田舎家《いなかや》の奥《おく》にも、まじめくさった表情《ひょうじょう》の下にもね。望みさえすれば、感動のきっかけはどこにもある。正義《せいぎ》の味方として犠牲者《ぎせいしゃ》を救い、不正をただす機会はどこにもあるんです」

レニーヌのなかにある力強さと威厳《いげん》に打たれて、オルタンスは思わずつぶやいた。

「あなたはいったい何者なの？」

「冒険者というのがぴったりでしょう。そう、冒険の愛好家です。他人にかんするものであれ、自分自身のことであれ、冒険のない人生なんて生きるに値《あたい》しません。あなたは今日の出来事に、とても驚《おどろ》かれたでしょう。あなたという人間に、深くかかわるものでしたから。しかし他人の冒険だって、とても刺激的《しげきてき》です。証拠《しょうこ》をお見せしましょうか？」

「どうやって？」

「ぼくといっしょに冒険をしましょう。誰《だれ》か助けを求めてくる者がいたら、二人で駆《か》けつけるんです。犯罪《はんざい》の手がかりを偶然《ぐうぜん》つかむかもしれないし、苦しみの気配を本能的《ほんのうてき》に嗅《か》ぎつけるかもしれない。そんなときには、ともに立ちむかいましょう。どうですか？」

「ええ、でも……」

オルタンスはためらった。レニーヌには、秘《ひ》めた計画があるのではないか？

「でも」とレニーヌは笑って言った。「でもあなたは、少し疑《うたが》っている。（冒険の愛好家だというこの男は、わたしをどこに連れて行こうとしているんだろう。わたしに気があるのはたしかだわ。いつかきっと、見返りを求めてくるはずだ）ってね。おっしゃるとおりだ。それなら、あらかじめきちんと条件《じょうけん》を定めておきましょう」

「きちんとね」とオルタンスは言った。ここは冗談《じょうだん》めかして話すほうがよさそうだ。

「そちらの条件《じょうけん》は？」

　レニーヌはしばらく考えてから、こう答えた。

「そうだな。今日、最初の冒険《ぼうけん》の日、アラングル城《じょう》の柱時計が八時を打ちましたよね。柱時計の下した決定を、受け入れることにしましょう。例えばこれから三か月以内に、すばらしい冒険をあと七回、いっしょにするというのはどうです？　そして八回目の冒険が終わったとき、あなたからいただきたいものがあります……」

「なにを？」

　レニーヌは答えを濁《にご》した。

「ぼくといっしょにいるのが面白くないと思えば、もちろんいつでも好きなときに立ち去ってかまいません。でももし最後までついてきて、三か月後の十二月五日、あの柱時計が八つ目の時を打つ瞬間《しゅんかん》――たしかに打つはずです。だって銅《どう》の古い振《ふ》り子は、もう動きをとめないでしょうから――八回目の冒険をともに始め、終わらせてもらえたなら、あなたからいただきたいものがある……」

「なにを？」オルタンスは繰《く》り返した。期待に身をこわばらせながら。

レニーヌは黙《だま》って、彼女《かのじょ》の唇《くちびる》を見つめた。あの美しい唇を、褒美《ほうび》としてもらえたら。けれどオルタンスにも、それはよくわかっているはずだ。はっきり口に出して言うまでもない。

「あなたを眺《なが》める喜びだけで充分《じゅうぶん》です。さあ、今度はあなたのほうから、条件を出してください。なにがお望みですか？」

オルタンスは彼《かれ》のうやうやしい心づかいが嬉《うれ》しかった。そしてにっこり笑うと、こう答えた。

「わたしの望み？」

「ええ」

「どんなに難《むずか》しい望みごとでもかまわないの？」

「あなたの心をつかむためなら、どんなことでもやりとげます」

「不可能《ふかのう》なお願いでも？」

「不可能《ふかのう》なことほど、面白いんです」

するとオルタンスは言った。

「古いブローチを取り戻《もど》してください。透《す》かし模様《もよう》の台座《だいざ》にカーネリアンをはめこんだブローチです。祖母《そぼ》から母、母からわたしにと伝えられたもので、幸福をもたらすお守りだと言われていました。おかげで祖母も母も幸せだったし、わたしも幸せでした。でもしまっておいた宝石箱《ほうせきばこ》から、なくなってしまいました。それ以来、わたしは不幸せです。あのブローチを見つけてください、わたしの守護神《しゅごしん》さん」

「ブローチはいつ盗《ぬす》まれたのですか？」

オルタンスの胸《むね》に嬉《うれ》しさがこみあげた。

「七、八年前か……九年前か……はっきりはわかりません。どこで……どのようにしてなのかも、なにもわからないんです」

「ぼくが見つけだしましょう」とレニーヌはきっぱりと言った。「あなたを幸せにしてさしあげます」

秘密を明かす映画

Le film révélateur

「ほら、見て。執事役《しつじやく》の男……」とセルジュ・レニーヌは言った。

「なにか変わったところでも?」オルタンスがたずねる。

二人は大通りの映画館《えいがかん》で、昼の上映を観《み》ていた。身内が出演《しゅつえん》しているからと、オルタンスが誘《さそ》ったのだ。ポスターにでかでかと名前が出ているローズ=アンドレは、オルタンスの妹だった。父親は二度結婚《けっこん》しており、母親は違《ちが》っていたけれど。姉妹は数年前に仲たがいをし、それ以来手紙も書き合っていなかった。ローズ=アンドレはしなやかな身のこなしと、陽気な表情《ひょうじょう》をした美人だった。舞台《ぶたい》に立っていたころはあまりぱっとしなかったが、映画に転身すると、新進女優《じょゆう》として頭角をあらわした。その日かかっていた『幸福な王女』という映画も、作品そのものは平凡《へいぼん》だったけれど、彼女《かのじょ》の生き生きとした表情と輝《かがや》くような美しさが印象的だった。

レニーヌはオルタンスの問いに直接《ちょくせつ》答えないまま、途中休憩《とちゅうきゅうけい》のあいだにこう続けた。「映画が退屈《たいくつ》なとき、ぼくは脇役《わきやく》を観察して気を紛《まぎ》らわすんです。あの哀《あわ》れな役者たちは、十回、二十回と同じシーンを繰《く》り返し練習させられるんだ。本番のときには演技《えんぎ》以外のことが頭に浮《う》かぶことだって、あるかもしれないぞってね。ふとしたひょうしに、彼《かれ》らの胸《むね》のうちや無意識《むいしき》が顔を出すのを観察していると、面白いですよ。例えば、あの執事だけど……」

映画の続きが始まると、スクリーンにごちそうの並《なら》んだテーブルが映《うつ》った。食事会の主役は幸福な王女。彼女に恋《こい》する男たちが、そのまわりを囲んでいる。忙《いそが》しく給仕する五、六人の召使《めしつか》いを指揮《しき》するのは、あの執事だ。鼻の大きい、野卑《やひ》な顔をした巨漢《きょかん》で、太い眉毛《まゆげ》は一直線につながっていた。

「けだものみたいな顔ね」とオルタンスは言った。「彼のことで、なにか気づいたの？」

「あいつが妹さんを見るようすを、よく観察してごらんなさい。必要以上にちらちらと目をむけています……」

「そんなふうには、感じなかったけど」オルタンスは言い返した。

「間違《まちが》いありません。あの男はただの執事役《しつじやく》とは無関係な個人的感情《こじんてきかんじょう》を、ローズ＝アンドレさんにいだいているんです。実生活では誰《だれ》も気づいていないでしょう。でもスクリーンでは、共演者《きょうえんしゃ》が誰も見てないのだからとつい気がゆるんで、秘《ひ》めた思いがはしなくもあらわれてしまった。ほら……」

男はもう、動きまわるのをやめていた。食事は終わりだった。シャンペングラスをかたむける王女を、男は重たげな瞼《まぶた》になかば隠《かく》れた光る眼《め》で、じっと見つめている。

さらに二度、奇妙《きみょう》な表情《ひょうじょう》が男の顔に浮《う》かんだ。恋《こ》い焦《こ》がれているしるしだとレニーヌは言うけれど、オルタンスはにわかに信じられなかった。

「もともと、ああいう目つきなのでは」と彼女《かのじょ》は言った。

映画《えいが》の第一部が終わり、続いて第二部が始まった。プログラムの説明によれば、

《一年がすぎ、幸福な王女はつる草に覆《おお》われたノルマンディーのきれいな田舎家《いなかや》で、夫に選んだ貧《まず》しい音楽家とともに暮《く》らしている》のだという。

王女はあいかわらず幸せそうだった。スクリーンいっぱいに発散させる魅力《みりょく》も、崇拝者《すうはいしゃ》たちに囲まれているところも変わらない。ブルジョワ、貴族《きぞく》、金融業者《きんゆうぎょうしゃ》、農民。ありとあらゆる男たちが彼女の虜《とりこ》となった。なかでもとりわけ熱心だったのが、散歩のときにいつも出会う木こりだった。人づき合いの悪い、粗野《そや》な毛むくじゃらの男だ。恐《おそ》ろしげな斧《おの》をかついで田舎家のまわりをうろつく姿《すがた》に観客は震《ふる》えあがり、幸福な王女の身に危険《きけん》が迫《せま》っているのではないかと、不安でいっぱいになった。

「おやおや、あの猿《さる》みたいな男、誰だかわかりますか?」とレニーヌがささやいた。

「わからないわ」

「執事ですよ。ひとりの俳優《はいゆう》に、二役を演じさせているんです」

たしかに体つきは変えているものの、のっそりした歩き方や、いかにも木こりらしい丸めた背中《せなか》の下に、執事の物腰《ものごし》や態度《たいど》が感じとれた。無精《ぶしょう》ひげやもじゃもじゃの長い髪《かみ》の下からも、執事《しつじ》の顔が透《す》けて見える。ひげを剃《そ》った口もと、野獣《やじゅう》のような鼻、一直線につながった眉《まゆ》が。

遠くの田舎家《いなかや》から王女が出てくると、男は茂《しげ》みの陰《かげ》に隠《かく》れた。獰猛《どうもう》そうな目や、太い親指をした人殺しの手が、ときおりスクリーンに大写しになった。

「気味が悪いわね、あの男。演技《えんぎ》と思えない怖《こわ》さだわ」とオルタンスは言った。

「本心をこめて演じているからですよ。第一部と第二部では、撮影《さつえい》時期に三、四か月のひらきがあります。そのあいだに彼《かれ》は、恋心《こいごころ》をつのらせていったのでしょう。彼の目に映《うつ》っているのは王女ではなく、ローズ=アンドレなんです」

男はしゃがみこんだ。王女は安心しきって、楽しげに近づいてくる。物音が聞こえると彼女《かのじょ》は立ち止まり、あたりを見まわした。笑顔が消える。注意深く耳を澄《す》ましているのだろう。やがてその表情《ひょうじょう》は、不安から恐怖《きょうふ》へと変わった。木こりは枝《えだ》をかきわけ、茂《しげ》みを抜《ぬ》けた。

こうして二人は顔を合わせた。

男は女につかみかかろうとするかのように、腕《うで》を広げた。女は大声で助けを呼《よ》ぼうとするが、息がつまって声が出ない。男の腕に締《し》めつけられ、なにも抵抗《ていこう》ができなかった。男は女をひょいと肩《かた》にかかえ、足早に立ち去った。

「どうです、納得《なっとく》していただけましたか？」とレニーヌはささやいた。「もし相手役の女優《じょゆう》がローズ＝アンドレでなかったら、あんな大根役者がこれほど力強い、迫《はく》真《しん》の演技をなしえたでしょうか？」

そうこうするうちにも、木こりは広い川のほとりに着いた。近くの岸に、古いボートがつないである。彼はぐったりとしたローズ＝アンドレをなかに寝《ね》かせ、もやい綱《づな》をほどいて川をさかのぼり始めた。

しばらくすると木こりは岸にあがり、森に入っていった。高い木々や山積みになった岩のあいだを抜け、洞窟《どうくつ》の前まで来ると、彼は王女を下に置いて入り口を片《かた》づけた。斜《なな》めの割《わ》れ目から、洞窟のなかに光が射《さ》しこんでいる。

画面が次々に切りかわり、嘆《なげ》き悲しむ夫の顔や捜査《そうさ》のようすがスクリーンに映し出された。王女が道しるべのために折った小枝《こえだ》も見つかった。

そしてクライマックスシーンは、男と女の激《はげ》しいとっくみ合いだった。力尽《ちからつ》きた女が押《お》し倒《たお》される。あわやというところで駆《か》けつけた夫が、銃《じゅう》でけだものを撃《う》ち殺す……。


映画館《えいがかん》を出たのは午後四時だった。外には車を待たせてあった。レニーヌは運転手についてくるように合図すると、オルタンスといっしょに歩き始めた。大通りから平和通りへとむかうあいだ、レニーヌはじっと押し黙《だま》っていた。オルタンスにはそれが、どうにも心配だった。やがて彼はこうたずねた。

「妹さんのことは、愛していますか?」

「ええ、とても」

「でも、仲たがいをしているんですよね?」

「結婚《けっこん》していたころのことよ。ローズはすぐに男性《だんせい》の気を引こうとするので、わたしは嫉妬《しっと》していたの。結局、誤解《ごかい》だったのだけど。でも、どうしてそんなことを？」

「なぜでしょうね……いま観《み》た映画が、どうも気にかかって。あの男の表情《ひょうじょう》は、実に異様《いよう》でした」

オルタンスは彼《かれ》の腕《うで》を取ると、勢《いきお》いこんでたずねた。

「どういうこと？　はっきり言って。なにを心配しているの？」

「なにを心配しているかって？　どんなことがあってもおかしくないし、すべて思いすごしかもしれません。でも、妹さんの身に危険《きけん》が迫《せま》っているような気がしてならないんです」

「ただの推測《すいそく》だわ」

「ええ、でも明白な事実にもとづいた推測です。ぼくに言わせれば、誘拐《ゆうかい》の場面はとても演技《えんぎ》とは思えません。あれは野蛮《やばん》な木こりが幸福な王女を襲《おそ》ったのではなく、男優《だんゆう》が熱愛する女に激《はげ》しく迫っていたのです。たしかに役柄《やくがら》のなかで行われたことですから、ローズ＝アンドレのほかは誰《だれ》も気づかなかったでしょう。でもぼくは、疑問《ぎもん》の余地《よち》がない激情《げきじょう》の輝《かがや》きを見て取りました。目には欲望《よくぼう》がたぎり、人殺しだってやりかねないほどです。引きつった手は、いまにも首を絞《し》めようとしているかのようでした。いろいろ考え合わせると、あのとき男はかなわぬ恋《こい》の相手をいっそ殺してしまいたいと、本能的《ほんのうてき》に思っていたに違《ちが》いありません」

「ええ、当時はそうだったかもしれないけど」とオルタンスは言った。「何か月もたったのだから、もう心配はないのでは？」

「もちろん、そのとおりなのですが……いちおうたしかめてみようと思います」

「たしかめるって、誰《だれ》に？」

「映画《えいが》を撮《と》った会社にです。さあ、ここがその会社だ。あなたは車のなかで、しばらく待っていてください」

レニーヌは運転手のクレマンを呼《よ》ぶと、社屋に入っていった。

実のところオルタンスは、まだ半信半疑《はんしんはんぎ》だった。男の表情《ひょうじょう》に荒々《あらあら》しい、熱烈《ねつれつ》な恋心があらわれていたのは否定《ひてい》できないが、それは役者の名演技《めいえんぎ》なのでは？　レニーヌが見抜《みぬ》いたと主張《しゅちょう》するような恐《おそ》ろしい事件《じけん》は、まったく感じ取れなかった。彼《かれ》はどうも、想像力《そうぞうりょく》が旺盛《おうせい》すぎるのではないか。

「それで？」彼女《かのじょ》はレニーヌが戻《もど》ってくると、少し皮肉っぽくたずねた。「なにかあったかしら？　謎《なぞ》めいた出来事とか、思いがけない展開《てんかい》とか？」

「ありましたとも」とレニーヌは心配そうな顔で答えた。

オルタンスは動揺《どうよう》した。

「どういうこと？」

レニーヌはいっきに話した。

「男の名前はダルブレックといい、かなりの変わり者だったようです。無口でいつもむっつりしていて、人づき合いもよくありません。妹さんにも、ことさら愛想よくしているようすはなかったと、みんな言っています。しかし第二部の最後で見せた演技がとてもすばらしかったので、新しい映画にも出演を依頼《いらい》されました。撮影《さつえい》はパリ近郊《きんこう》で始まり、彼の評判《ひょうばん》も上々でした。ところが、突然《とつぜん》とんでもない事件がもちあがりました。九月十八日金曜日の朝、彼《かれ》は二万五千フランを盗《ぬす》んだあと、映《えい》画会社《がかいしゃ》のガレージに押《お》し入り、豪華《ごうか》リムジンで逃走《とうそう》したのです。被害届《ひがいとどけ》が出され、リムジンは日曜日にドルー郊外《こうがい》で見つかりました」

オルタンスはそれを聞いて顔を青ざめさせ、小声で言った。

「でも、それと妹とは……なんの関係も……」

「いえ、それがあるんです。ローズ=アンドレさんの足取りについても、調べてきました。妹さんはこの夏、旅行をしたあと、ウール県の別荘《べっそう》に二週間ほど滞在《たいざい》しました。『幸福な王女』の撮影《さつえい》で使った田舎家《いなかや》ですよ。仕事でアメリカへ行くことになったので、パリに戻《もど》ってサン=ラザール駅で荷物を送る手続きをし、九月十八日の金曜日にル・アーヴルにむけて発《た》ちました。そこで一泊《いっぱく》し、土曜日にアメリカ行きの船に乗る予定で」

「十八日の金曜日……」オルタンスは口ごもった。「あの男が逃《に》げ出したのと同じ日ね。彼は妹を誘拐《ゆうかい》したの？」

「それはいずれわかるでしょう。クレマン、大西洋航路の船会社へやってくれ」

今度はオルタンスもいっしょに事務所《じむしょ》へ行き、みずから担当者《たんとうしゃ》にたずねた。

すぐにいろいろなことがわかった。

ローズ＝アンドレは大西洋航路の大型客船プロヴァンス号の予約をしていたが、出港のときが来ても彼女《かのじょ》はあらわれなかった。ようやく翌日《よくじつ》になって、ローズ＝アンドレの名でル・アーヴルに電報《でんぽう》が届《とど》いた。船に乗り遅《おく》れた、荷物はそのまま保管《ほかん》しておいて欲《ほ》しいと。電報の発信地は、リムジンが見つかったのと同じドルーだった。

オルタンスはよろめくようにして外に出た。こうした符合《ふごう》をすべて説明するには、妹の誘拐を認《みと》めるほかなさそうだ。さまざまな出来事がひとつになって、レニーヌの鋭《するど》い直感どおりに形をなしていく。

オルタンスは意気消沈《いきしょうちん》して車に乗った。警視庁《けいしちょう》にむかうよう、レニーヌが運転手に告げる。パリの中心街を抜《ぬ》けて目的地に着くと、オルタンスは川岸にとめた車に残り、しばらくひとりで待っていた。

「来てください」レニーヌがドアをあけて言った。

「なにかわかったの？　話は聞いてくれた？」オルタンスは心配そうにたずねた。

「話はしてきませんでした。ただモリソー主任警部《しゅにんけいぶ》に会いたいと言っただけで。この前、デュトルーユ*事件《じけん》で知り合った刑事《けいじ》ですよ。警察《けいさつ》がなにかつかんでいるなら、彼《かれ》から教えてもらえるでしょう」

「それで？」

「この時間はカフェにいるそうです。ほらあそこ、広場のカフェに」

二人は店に入ると、主任警部がひとりで新聞を読んでいる席の前に腰《こし》かけた。主任警部はすぐに誰《だれ》だかわかったらしい。レニーヌは彼と握手《あくしゅ》し、さっそくこう切り出した。

「興味《きょうみ》深い事件がありましてね。あなたの手腕《しゅわん》を、存分《ぞんぶん》に活躍《かつやく》していただける事件です。すでにご存知《ぞんじ》かもしれませんが……」

「どんな事件だ?」

「ダルブレックのことで」

　モリソーはびっくりしたらしい。彼は少しためらったあと、用心深く言った。

「ああ、知ってるとも……新聞でも取りあげられていたし……自動車が盗《ぬす》まれ、二万五千フランが持ち逃《に》げされた。明日の新聞には、刑事部がつかんだ新事実が載《の》るだろう。ダルブレックは、去年大騒《おおさわ》ぎになった宝石商《ほうせきしょう》ブルゲ殺しの犯人《はんにん》かもしれないんだ」

「それとは、また別の一件です」レニーヌは言った。

「というと?」

「誘拐《ゆうかい》事件ですよ。九月十九日の土曜日に、彼が起こした誘拐事件」

「耳が早いな」

「ええ」

「だったらしかたない」主任警部は意を決した。「たしかに九月十九日土曜日の真

＊ルパン・シリーズ「水さし」のなかの事件。

っ昼間、ル・アーヴルの往来《おうらい》で、買い物中の女が三人の男につかまり、車で連れ去られた。事件《じけん》を報《ほう》じた新聞には、被害者《ひがいしゃ》の身もとも犯人《はんにん》の名も出ていない。それもそのはず、さっぱりわからなかったからさ。おれは部下を引きつれてル・アーヴルにおもむき、ようやく昨日、犯人のひとりの正体を突《つ》きとめた。二万五千フランの盗難《とうなん》、自動車泥棒《どろぼう》、若《わか》い女の誘拐《ゆうかい》。これらはすべて同一犯のしわざだったんだ。ダルブレックさ。さらわれた女の身もとについては、なんの手がかりもない。いくら調べても成果なしだ」

オルタンスは主任警部《しゅにんけいぶ》の話を黙《だま》って聞いていた。動揺《どうよう》のあまり、言葉が出なかった。話が終わると、彼女《かのじょ》はため息まじりに言った。

「なんて恐《おそ》ろしい……かわいそうに、もうだめ、助からないわ」

レニーヌはモリソーに説明した。

「被害者は彼女の妹、正確《せいかく》に言えば腹違《はらちが》いの妹なんです……有名な映画女優《えいがじょゆう》のローズ＝アンドレですよ」

そして彼《かれ》は『幸福な王女』という映画を観《み》て抱《いだ》いた不安と、独力《どくりょく》で行っている調《ちょう》査《さ》について、手短に話した。

小さなテーブルのまわりに、長い沈黙《ちんもく》が続いた。主任警部は今回もまたレニーヌの鋭《するど》い洞察力《どうさつりょく》に驚《おどろ》いて、次の言葉を待った。オルタンスもすがる思いで彼を見つめている。レニーヌなら最初の一撃《いちげき》で、謎《なぞ》をすべて解《と》き明かしてくれるはずだとでもいうように。

レニーヌはモリソーにたずねた。

「ル・アーヴルで車に乗っていたのは、三人の男だったんですね？」

「そうだが」

「ドルーでも三人でしたか？」

「いや、ドルーでは二人しか目撃《もくげき》されていない」

「そのなかにダルブレックはいましたか？」

「いなかったようだ。二人とも、ダルブレックとは外見が一致《いっち》しないから」

レニーヌはしばらく考えこんでいたが、テーブルに大きな道路地図を広げた。

あらたな沈黙《ちんもく》が続いた。やがてレニーヌは主任警部《しゅにんけいぶ》に言った。

「ル・アーヴルに警官《けいかん》を残してありますよね？」

「ああ、部下を二人」

「今夜、電話で呼《よ》び戻《もど》せますか？」

「そうだな」

「ほかに二人、刑事部《けいじぶ》から都合をつけていただきたいのですが」

「いいだろう」

「それじゃあ、明日の正午に待ち合わせましょう」

「どこで？」

「ここです」

彼《かれ》は地図の一点を指さした。《大桶《おおおけ》の柏《かしわ》》と書かれたその場所は、ウール県に広がるブロトンヌの森の真ん中に位置していた。

「ここです」とレニーヌは繰《く》り返した。「ダルブレックはローズ＝アンドレさんをさらった晩《ばん》、ここに逃《に》げこんだのです。モリソー主任警部、明日は遅《おく》れずに来てください。あんなけだもののような巨漢《きょかん》を捕《つか》まえるには、五人がかりでも足りないくらいかもしれませんからね」

モリソーは無表情《むひょうじょう》だった。まったくレニーヌには驚《おどろ》かされる。主任警部は勘定《かんじょう》を払《はら》って立ちあがり、店を出た。思わず軍隊式敬礼《けいれい》をして、こうつぶやきながら……。

「必ず行くとも」

翌日《よくじつ》の朝八時、レニーヌとオルタンスは、クレマンが運転する大型リムジンでパリを発《た》った。車のなかでは二人とも、黙《だま》りこくっていた。オルタンスはレニーヌの並《なみ》はずれた能力《のうりょく》を信頼《しんらい》していたけれど、前の晩はよく眠《ねむ》れなかった。この事件《じけん》は、いったいどんな結末をむかえるのだろう？　そう思うと不安でたまらなかった。

目的地が近づくと、彼女《かのじょ》はたずねた。

「ダルブレックがこの森に妹を連れこんだっていうけど、どんな証拠《しょうこ》があるの？」

レニーヌは膝《ひざ》のうえにまた地図を広げ、説明した。ル・アーヴルから、というかセーヌ川を渡《わた》るキルブフから、車が見つかったドルーまでの路線をたどると、ブロトンヌの森の西側を通ることがわかる。

「それに」と彼《かれ》は続けた。「映画会社《えいががいしゃ》で聞いた話によると、『幸福な王女』はブロトンヌの森で撮影《さつえい》されたそうなんです。だとしたら、ローズ＝アンドレさんをわがものにしたダルブレックは、土曜日の夜に森のはずれを通ったとき、獲物《えもの》をそこに隠《かく》そうと思いついたんじゃないでしょうか？　二人の共犯者《きょうはんしゃ》はそのままドルーまで行き、車を捨《す》ててパリに戻《もど》ることにしました。森に少し入ったところに、撮影に使った洞窟《どうくつ》がある。そうだ、あそこへ行けばいい。数か月前、愛する女を抱《だ》きかかえ、必死にむかった洞窟。奪《うば》い取ったばかりの女は、口づけできるほどすぐ近くにあった。ダルブレックはそのときの興奮《こうふん》を、どうしてももう一度味わいたくなったはずです。しかも今度は、現実《げんじつ》の出来事として……ローズ＝アンドレは手に入れた。どうせ助けは来やしない。ここは人が足を踏《ふ》み入れない広大な森だからと、安心しているんです。ローズ＝アンドレは今夜か明日かあさってにでも、ダルブレックに屈《くっ》してしまうでしょう」

オルタンスは震《ふる》えあがった。

「さもなければ、死んでしまうかも。ああ、レニーヌさん、もう間に合わないわ」

「どうしてです？」

「だって、もう三週間になるのよ。そんなに長いあいだ、妹を閉《と》じこめたままにしているかしら」

「たしかに。洞窟は街道が交わるところにあるので、あまりいい隠れ場所ではありません。でも、きっと手がかりが見つかります」

二人は途中《とちゅう》、昼食をすませ、正午少し前に大きな木が茂《しげ》るブロトンヌの森に入った。ローマ時代や中世の遺跡《いせき》がたくさん残っている広大な森で、レニーヌはよくここを歩きまわっていた。《大桶《おおおけ》の柏《かしわ》》は広がった枝《えだ》が大桶の形をした木で、地元ではよく知られている。手前の曲がり角まで車を走らせ、そこからは徒歩で木のところまで行った。モリソー主任警部《しゅにんけいぶ》が、四人の屈強《くっきょう》な男をしたがえ待っていた。

「行きましょう。洞窟《どうくつ》はすぐそば、茂《しげ》みのなかです」レニーヌは警官《けいかん》たちに言った。

洞窟はすぐに見つかった。張《は》り出した大きな岩の下に、口があいている。藪《やぶ》を抜《ぬ》ける細い道から、なかに入ることができた。

レニーヌは小さな洞窟の内部を、懐中電灯《かいちゅうでんとう》で照らしながら隅々《すみずみ》まで調べた。壁《かべ》は落書きでいっぱいだった。

「なかにはなにもありませんね」レニーヌはオルタンスとモリソーに言った。「でもあそこに、捜《さが》していた証拠《しょうこ》が見つかりました。ダルブレックが映画撮影《えいがさつえい》のことを思い出して『幸福な王女』の洞窟に来たのなら、ローズ=アンドレさんもきっと同じように考えたでしょう。映画の幸福な王女は誘拐《ゆうかい》される途中《とちゅう》、枝《えだ》の先を折って道しるべにしましたよね。ほら、入り口の右側に、最近折られた枝が」

「本当だわ」とオルタンスは言った。「たしかに、妹がここに連れてこられた証拠かもしれないわね。でも、三週間前のものだから、そのあと……」

「そのあと、妹さんはどこかもっと人目につかないところに監禁《かんきん》されたのでしょう」

「さもなければとっくに死んで、木の葉の下に埋《う》められているかも……」

「いや、いや」レニーヌは足を踏《ふ》み鳴らしながら言った。「こんな手の込《こ》んだ誘拐事件《じけん》を企《くわだ》てておいて、あっけなく殺してしまうとは思えません。あの男のことだ、根気強く待って、ものにしようとしたでしょう。脅《おど》したり、飢《う》えさせたりして……」

「だとしたら？」

「捜し出しましょう」

「どうやって？」

「この迷路《めいろ》を抜《ぬ》け出すには、『幸福な王女』の筋《すじ》そのものをたどるしかありません。それがぼくたちを導《みちび》く糸なんです。映画のシーンをひとつひとつ追いながら、出発点へとさかのぼればいい。映画のなかで、木こりは川を下り森を抜けて、王女をここまで連れてきました。セーヌ川は一キロ先です。まずはそこまで行きましょう」

レニーヌは歩き始めた。あたりに目を配りながら、ためらいなく進んでいく。鋭《するど》い嗅覚《きゅうかく》を頼《たよ》りに獲物《えもの》のあとを追う猟犬《りょうけん》のように。一行はうしろに車をしたがえて、川辺の集落に着いた。レニーヌはまっすぐ渡《わた》し守の家にむかい、てきぱきと質問《しつもん》をした。

渡し守は三週間前の月曜日の朝、ボートが一艘《いっそう》なくなっているのに気づいた。そのボートは、二キロほど離《はな》れた岸で見つかったという。

「今年の夏、映画《えいが》の撮影《さつえい》が行われた田舎家《いなかや》から、あまり遠くないところですね?」とレニーヌはたずねた。

「そうとも」

「さらわれた女が船からおろされる場面は、いまぼくたちがいるこの場所で撮《と》ったのでは?」

「ああ。それにクロ=ジョリって呼《よ》ばれているあの田舎家は、幸福な王女を演《えん》じたローズ=アンドレさんの持ち物でね」

「家には、いま誰《だれ》か?」

「いいや。ローズ=アンドレさんは一か月前、すっかり戸締《とじま》りをして出ていった」

「管理人はいないのですか？」

「いないな」

レニーヌはふり返って、オルタンスに言った。

「間違《まちが》いありません。妹さんはそこに閉《と》じこめられています」

狩《か》りが再開《さいかい》され、一行はセーヌ川沿《ぞ》いの曳舟道《ひきふね》を進んだ。路肩《ろかた》の芝生《しばふ》のうえを、音もなく歩いていく。曳舟道は本街道に続いていた。雑木林《ぞうきばやし》からのびた小道の先に、垣根《かきね》に囲まれたクロ=ジョリが見えた。レニーヌとオルタンスは、ひと目見てわかった。たしかに幸福な王女の田舎家だ。窓《まど》のよろい戸はすべて閉ざされ、通路ははやくも雑草《ざっそう》に覆《おお》われている。

彼《かれ》らは茂《しげ》みにうずくまり、一時間以上待っていた。主任警部《しゅにんけいぶ》はじりじりし始めた。オルタンスも怪《あや》しんでいるらしい。妹がクロ=ジョリにとらわれているとは思えないと。しかしレニーヌはゆずらなかった。

「ローズ＝アンドレさんはここにいます。請《う》け合いますとも。そうとしか考えられません。妹さんをとらえておくのに、ダルブレックがこの場所を選ばないはずないんです。彼女《かのじょ》が慣《な》れている場所なら、言うことをきかせやすいからと」

ようやく田舎家《いなかや》の裏側《うらがわ》から、どたどたという大きな足音が聞こえ、人影《ひとかげ》が街道にあらわれた。この距離《きょり》からだと顔はよく見えないが、のっそりした歩き方や身のこなしは、たしかに映画《えいが》で観《み》た男のものだ。

こうしてセルジュ・レニーヌは、俳優《はいゆう》の挙動から得た漠然《ばくぜん》とした印象をもとに、隠《かく》された心理を読み解《と》くことで、たった二十四時間のうちに事件《じけん》の核心《かくしん》へといたったのである。ダルブレックは映画のなかの出来事を繰《く》り返さずにはいられず、映画の役で演《えん》じたとおりに実人生でも行動した。ダルブレックが映画に導《みちび》かれて進んだ道筋《みちすじ》を、レニーヌも一歩一歩さかのぼって、けだものじみたあの男が幸福な王女をさらった場所へとたどり着いたのだ。

ダルブレックは、浮浪者《ふろうしゃ》のようなつぎはぎだらけの服を着ていた。酒瓶《さかびん》の口とバゲットの端《はし》がのぞく袋《ふくろ》を肩《かた》からさげ、斧《おの》をかついでいる。

彼《かれ》は柵《さく》の南京錠《なんきんじょう》があいているのに気づくと果樹園《かじゅえん》に入り、一列に立ち並《なら》ぶ灌木《かんぼく》の陰《かげ》に隠れて家の反対側にむかった。

レニーヌは飛び出そうとするモリソーの腕《うで》をつかんだ。

「どうして?」とオルタンスはたずねた。「あいつが家に入るのをとめなくては……さもないと……」

「共犯者《きょうはんしゃ》がいたらどうします? 警戒心《けいかいしん》を起こさせてもいけないし」

「そんなこと言っても、まずは妹を助けないと」

「間に合わないかもしれません。助け出す前にダルブレックは怒《いか》りにまかせ、妹さんを斧で切りつけるかも」

とりあえずようすを見ることにして、さらに一時間が過《す》ぎた。ただ待っているのは、耐《た》えがたかった。オルタンスはときおりすすり泣いた。それでもレニーヌは頑《がん》としてゆずらず、あえて彼に逆《さか》らうことはできなかった。

やがて日が傾《かたむ》き、リンゴ畑に夕闇《ゆうやみ》が広がり始めた。とそのとき、家のドアがいきなりあいた。勝ち誇《ほこ》ったような、恐《おそ》ろしい叫《さけ》び声があがり、もつれ合った男女が家から飛び出してきた。男が女を胸《むね》に抱《だ》きかかえているのだろうか、男の脚《あし》と女の胴《どう》が見て取れる。

「あいつよ……あいつとローズだわ」動転したオルタンスは、口ごもるように言った。「レニーヌさん、妹を助けて」

ダルブレックは気がふれたように笑ったり叫んだりしながら、木々のあいだを走り出した。女を軽々とかついで、跳《と》びまわっている。この世のものとは思えないその姿《すがた》は、殺戮《さつりく》の喜びに酔《よ》った不気味なけだもののようだった。空いているほうの手がきらめく斧《おの》をふりかざすと、ローズ＝アンドレは恐怖《きょうふ》のうめき声をあげた。ダルブレックは果樹園《かじゅえん》を縦横《じゅうおう》に駆《か》けめぐり、垣根《かきね》に沿《そ》って疾走《しっそう》していたかと思うと、突然《とつぜん》、井戸《いど》の前で立ちどまって腕《うで》を緊張《きんちょう》させ、深淵《しんえん》に飛びこもうとするかのように身をのり出した。

ぞっとするような瞬間《しゅんかん》だった。やつはこの恐るべき行為《こうい》を、なしとげるつもりなのか？　いや、ローズ＝アンドレを言うなりにさせるための、脅《おど》しにすぎないだろう。案《あん》の定《じょう》、ダルブレックは正門にむかって一直線に引き返し、玄関《げんかん》に駆《か》けこんだ。錠《じょう》をかける音がして、ドアが閉《と》ざされる。

それにしても不可解《ふかかい》なのは、レニーヌがじっとしていることだ。両腕を広げて、警官《けいかん》たちの行く手を遮《さえぎ》っている。いっぽうオルタンスは彼《かれ》の服にしがみつき、必死にたのんだ。

「助けて……あいつは頭がどうかしているわ……妹が殺される。なんとかして……」

ところがそのとき、再《ふたた》び蛮行《ばんこう》が始まった。わらぶき屋根の両翼《りょうよく》にはさまれた小窓《こまど》に男が姿をあらわし、ローズ＝アンドレを宙《ちゅう》づりにしていまにも放り出そうとするかのように、ゆらゆらと揺《ゆ》らしている。

腹《はら》を決めかねているのか、ただの脅《おど》しなのか。これで女もおとなしくなったと、思ったのかもしれない。ともかくダルブレックは家のなかにひっこんだ。

今度ばかりはオルタンスもあとに引かず、冷たい手でレニーヌの手を握《にぎ》りしめた。彼女《かのじょ》が絶望《ぜつぼう》に震《ふる》えているのを、レニーヌは感じ取った。

「ああ、お願い……なにを待ってるの？」

レニーヌは折れざるをえなかった。

「わかりました。行きましょう。でも、急《せ》いてはことを仕損《しそん》じます。よく考えないと」

「考えるですって？　ローズが……ローズが殺されそうなのよ。斧《おの》を見たでしょ？あいつは頭がおかしいんだわ。妹を殺そうとしている……」

「まだ大丈夫《だいじょうぶ》。ぼくが責任《せきにん》を持ちます」レニーヌはきっぱりと言った。

オルタンスは力が抜《ぬ》けてしまい、レニーヌに支《ささ》えてもらわねば歩くこともできなかった。こうして一行は丘《おか》から降《お》り、生い茂《しげ》った木々のあいだに隠《かく》れることにした。レニーヌはオルタンスに手を貸《か》し、垣根《かきね》を越《こ》えさせた。あたりはだいぶ暗くなっており、人目につく心配もなさそうだ。

レニーヌは黙《だま》って果樹園《かじゅえん》をひとめぐりした。一行は家の裏《うら》に着いた。ダルブレックが最初に家に入ったところだ。思ったとおり、勝手口らしい小さなドアがあった。「体当たりしましょう」レニーヌは警官《けいかん》たちに言った。「そのときが来たら、踏《ふ》みこんでください」

「いまがそのときじゃないか」モリソー主任警部《しゅにんけいぶ》は、ぐずぐずしていられないとばかりに言った。

「まだです。まずは家のおもて側でなにが起きているのかを、たしかめないと。ぼくが警笛《けいてき》を鳴らしたらドアを破《やぶ》り、銃《じゅう》を持って男に突撃《とつげき》するんです。でも、早まらないで。いいですね。さもないと、たいへんなことに……」

「もしやつが抵抗《ていこう》したら？　相手は獰猛《どうもう》なけだものだぞ」

「脚《あし》を撃《う》ってください。ともかく、生け捕《ど》りにしなければ。五人がかりなのだから、がんばって」

レニーヌはオルタンスをかたわらに呼《よ》び、励《はげ》ましの言葉をかけた。

「さあ、早く！　いまこそ行動のときです。ぼくを信頼《しんらい》してください」

オルタンスは嘆《なげ》きの声をあげた。

「もう……わけがわからないわ……」

「ぼくにはわかっています。これまでのところ、まだ不可解《ふかかい》な点がありますが、事《じ》態《たい》はしっかり把握《はあく》してるつもりだ。だからこそ、取り返しのつかないことにならないかと恐《おそ》れているんです」

「もちろん取り返しがつかないわ、ローズが殺されたら」

「いえ、ぼくが言っているのは警察《けいさつ》の失態《しったい》です。それを防《ふせ》ぐためには、先手を打たないと」

二人は灌木《かんぼく》の藪《やぶ》をかき分けながら、家のおもて側にまわった。レニーヌは一階の窓《まど》の前で立ち止まった。

「ほら、話し声が聞こえます。このあたりの部屋から……」

声がするなら話している人がいる、そして明かりもついているはずだ。レニーヌは閉《と》じたよろい戸の前に茂《しげ》る草をのけた。立てつけの悪いよろい戸のあいだから、光が漏《も》れている。

レニーヌはナイフの刃《は》をそっと押《お》しこみ、内側の掛《か》け金をはずして、よろい戸をあけた。分厚《ぶあつ》い布《ぬの》のカーテンが窓にかかっていたけれども、うえが少しひらいている。

「窓のへりにのぼるの？」オルタンスが小声で言う。

「ええ、そして窓ガラスを切り取ります。緊急《きんきゅう》事態だったら男を銃《じゅう》で脅《おど》しますから、あなたは警笛《けいてき》を鳴らしてください。そうすれば、裏口《うらぐち》から警官が駆《か》けつけます。さあ、これが警笛です」

レニーヌは窓のふちにそっと足をかけ、少しずつ立ちあがって、カーテンの隙間《すきま》に顔を近づけた。片手《かたて》で拳銃《けんじゅう》をチョッキの胸《むな》もとにしまい、もう片方の手でガラス切りを取り出す。

「妹が見える？」とオルタンスはささやいた。

レニーヌは窓《まど》ガラスに額《ひたい》を押《お》しあてるなり、驚愕《きょうがく》の声を漏《も》らした。

「ああ、信じられない」

「撃《う》って、早く撃って」オルタンスが急《せ》かす。

「いや、違《ちが》うんだ……」

「だったら、警笛《けいてき》を鳴らす？」

「やめろ、そうじゃない」

オルタンスは震《ふる》えながら、窓のふちに膝《ひざ》をかけた。レニーヌは彼女《かのじょ》を引っぱりあげると、カーテンの隙間《すきま》から顔をどかした。

「あなたも見てください」

オルタンスは顔を近づけた。

「まあ！」今度は彼女がびっくり仰天《ぎょうてん》する番だった。

「いやはや、どうです？　なにかおかしいとは思っていましたが、まさかこんなことは」

シェードのかかっていない電灯《でんとう》と二十本ほどのロウソクが、豪華《ごうか》な居間《いま》を照らしていた。ソファーが丸く並《なら》べられ、床《ゆか》には東洋風の絨毯《じゅうたん》を敷《し》いてある。ソファーのひとつに寝《ね》そべるのは、『幸福な王女』のなかで着ていたのと同じラメのドレスをまとったローズ=アンドレだった。美しい肩《かた》はむき出しで、髪《かみ》は宝石《ほうせき》や真珠《しんじゅ》で飾《かざ》られていた。

その足もとに、クッションに膝をついたダルブレックがいた。狩猟《しゅりょう》用の半ズボンにアンダーシャツ姿《すがた》で、ローズ=アンドレをうっとりと見つめている。女のほうも幸せそうに微笑《ほほえ》みながら、男の髪を撫《な》でていた。彼女はダルブレックのうえに、一回、二回と身をのり出し、初めは額《ひたい》にキスをし、次には長い口づけを交わした。喜び輝《かがや》く目を、またたかせながら。

なんと情熱的《じょうねつてき》な場面だろう！　見つめ合い、唇《くちびる》を重ね、震《ふる》える手を握《にぎ》り合う二人は、若《わか》い血潮《ちしお》をたぎらせ、いちずに激《はげ》しく愛し合っている。彼《かれ》らにとって、この静かで穏《おだ》やかな田舎家《いなかや》で、口づけと愛撫《あいぶ》ほど大切なものはない。

オルタンスはこの思いがけない場面から、目をそらすことができなかった。これがついさっき、男が女を抱《だ》きかかえ、禍々《まがまが》しい死のダンスを踊《おど》っていたのと同じ二人だろうか？　これが本当にわが妹なのか？　彼女《かのじょ》はまるで別人を見る思いがした。その顔はかつてないほど美しく輝《かがや》き、激情《げきじょう》によって一変している。オルタンスは妹を駆《か》り立てる感情《かんじょう》の力強さに恐《おそ》れおののいた。

「驚《おどろ》いたわね」と彼女はつぶやいた。「本当に愛しているんだわ、あの男を。そんなこと、ありえるかしら」

「妹さんに知らせなくては」とレニーヌは言った。「話し合っておいたほうがいい……」

「ええ、妹がスキャンダルに巻《ま》きこまれたり、逮捕《たいほ》されたりするのは、絶対《ぜったい》に避《さ》けなければ……妹をここから出して、誰《だれ》にもなにも知られないようにしましょう」

けれどもオルタンスは興奮《こうふん》のあまり、あわててしまった。窓《まど》ガラスをそっとノックすればいいものを、木の窓枠《まどわく》をこぶしで思いきり叩《たた》いたのだ。恋人《こいびと》たちははっと顔をあげ、目を見張《みは》って耳を澄《す》ました。レニーヌは大急ぎでガラスを切り、事情《じじょう》を説明しようとした。しかし、その暇《ひま》はなかった。ローズ＝アンドレは恋人が警察《けいさつ》に追われて窮地《きゅうち》にあることを知っていたのだろう、彼《かれ》をドアのほうへ必死に押《お》しやった。

ダルブレックは言われるがままに部屋を出た。ローズ＝アンドレは恋人を勝手口から逃《に》がそうとしているのだ。こうして二人は姿《すがた》を消した。

このあとなにが起こるか、レニーヌには容易《ようい》に予想できた。ダルブレックが逃げた先には、レニーヌ自身の指示《しじ》で警官たちが待機している。戦いになれば、おそらく死者がでるだろう……。

レニーヌは地面に飛び降《お》り、走って家の裏《うら》へむかった。けれども道は薄暗《うすぐら》く、障害物《しょうがいぶつ》でいっぱいだった。それに事態《じたい》は、彼が思っていた以上にすばやく進んだ。家の裏に着いたとき、銃声《じゅうせい》が一発鳴り響《ひび》き、苦痛《くつう》の叫《さけ》びが続いた。

見ればキッチンの戸口に横たわるダルブレックを、二つの懐中電灯《かいちゅうでんとう》が照らし出している。彼《かれ》は三人の警官《けいかん》に押《お》さえつけられ、うなり声をあげていた。どうやら片足《かたあし》を撃《う》たれたらしい。

家のなかではローズ＝アンドレが両手を前にあげ、顔をひきつらせてよろめきながら、ほとんど聞きとれない言葉をつぶやいていた。オルタンスは彼女《かのじょ》を抱《だ》き寄《よ》せ、耳もとでささやいた。

「わたしよ……姉のオルタンスよ……助けに来たわ。わたしがわかる？」

なにを言っても、ローズ＝アンドレには聞こえていないらしい。

彼女は取り乱《みだ》したような目をして、よろよろと警官たちのほうへ歩き出した。

「ひどいわ……この人はなにもしてないのに……」

レニーヌはためらわなかった。正気を失った病人の相手をするように彼女を抱《だ》きかかえると、居間《いま》に連れ帰った。そのあとからオルタンスがドアを閉《し》める。

ローズ＝アンドレはばたばたともがきながら、喘《あえ》ぎ声をあげた。

「ひどい……どうしてわけもなく、彼を捕《つか》まえるの？　宝石商《ほうせきしょう》のブルゲ殺しのことは、たしかに今朝、新聞で読んだけど、あれは間違《まちが》いよ。証拠《しょうこ》もあるわ」

レニーヌは彼女をソファーにすわらせ、きっぱりとした口調で言った。

「さあ、落ち着いてください。あなたの不利になるようなことは、なにも言ってはいけません。少なくとも、あの男が盗《ぬす》みを働いたのは事実です。自動車と……二万五千フランを……」

「わたしがアメリカに発《た》つと知って、あの人は見境《みさかい》をなくしてしまったの。でも自動車は見つかったし……お金も返すつもりよ。手をつけていないから。だから、彼にあんなことするなんてひどすぎるわ。わたしはここに、自分の意志《いし》で来たのだし。愛しているんです……誰《だれ》よりも愛している。一生に一度の恋《こい》だわ。愛してるのよ……心から……」

ローズ＝アンドレはもう、ぐったりとしていた。まるでうわごとのように、消え入りそうな声で、恋心を切々と語っている。そしてとうとう力尽《つ》き、いきなり身をのけぞらせて倒《たお》れたまま、意識《いしき》を失った。

一時間後、両手を縛《しば》られ寝室《しんしつ》のベッドに寝《ね》かされたダルブレックは、獰猛《どうもう》そうに目をぎょろぎょろと動かしていた。レニーヌの車で連れてこられた近所の医者は彼《かれ》の脚《あし》に包帯を巻《ま》き、明日の朝まで絶対安静《ぜったいあんせい》にしているように言った。モリソーと部下たちが、見張《みは》りに立つことにした。

レニーヌは両手をうしろで組み、楽しげに部屋を行ったり来たりしながら、ときおり姉妹を眺《なが》めてにっこりした。芸術通《げいじゅつつう》の彼の目には、姉妹の姿《すがた》が一幅《いっぷく》の魅力的《みりょくてき》な絵のように映《うつ》っているのだろう。

あんまりレニーヌが嬉《うれ》しそうなので、オルタンスは彼のほうに少し顔をむけてたずねた。

「どうしたの？」

レニーヌは手をこすり合わせて答えた。

「考えてみれば、愉快《ゆかい》ですよね」

「なにが愉快なのかしら？」オルタンスはとがめるように言った。

「なにって、この状況《じょうきょう》がですよ。ローズ＝アンドレさんは捕《と》らわれの身なんかじゃなく、なんと大恋愛《だいれんあい》の真っ最中だった。でも、そのお相手は？　どこかの高貴《こうき》な男性《だんせい》でしょうか？　いえ、猿《さる》のような男です。体にぴったりしたアンダーシャツを着て、髪《かみ》をなでつけた従順《じゅうじゅん》な猿男。いやはや、ぼくたちが不気味な洞窟《どうくつ》の奥《おく》を捜《さが》しまわっていたとき……二人はキスを楽しんでいたんですからね。

ああ、たしかにローズ＝アンドレさんも、誘拐《ゆうかい》されたときは不安だったでしょう。最初の晩《ばん》は死にかけたような状態《じょうたい》で、あの洞窟に放りこまれたんですから。でも翌《よく》日《じつ》には、生気を取り戻《もど》しました。たったひと晩で、けろっと受け入れてしまったんです。そのうえダルブレックが、おとぎ話の王子様みたいなハンサムに見えてきた。たったひと晩でね……そして二人とも、お互《たが》い運命の相手だとはっきり悟《さと》りました。もう一生離《はな》れられない、どこか世間から隠《かく》れ住む場所を見つけようと、二人して決めたんです。どこに？　ここですよ。クロ＝ジョリの田舎家《いなかや》までローズ＝アンドレさんを追いかけてくる者など、誰《だれ》もいませんからね。でもそれだけでは、足りません。

恋人《こいびと》たちはもっと多くを望みました。数週間のハネムーンじゃ、まだまだだってね。二人は一生変わらぬ愛を誓《ちか》い合ったんです。どうすれば実現《じつげん》できるだろう？　自分たちがよく知っている、すばらしい魅力的《みりょくてき》な方法がある。新たな映画《えいが》に出演《しゅつえん》するんだ。ダルブレックは『幸福な王女』で、期待以上の成功を収《おさ》めたではないですか。未来はそこにある。ロサンゼルス！　アメリカ合衆国《がっしゅうこく》！　富《とみ》と自由の国！　そうと決まれば、いっときも無駄《むだ》にできない。さっそく仕事にとりかからなくては。こうしてさっき、ぼくたち観客が震《ふる》えあがっている前で、狂気《きょうき》の殺人ドラマのリハーサルが行われたのです。実を言えば、あのときぼくは、おぼろげながら真実を予感していました。なんだか映画の一場面みたいだってね。でも、クロ＝ジョリの愛の物語までは、とうてい見抜《みぬ》けませんでした。だってそうじゃないですか。映画でも芝《しば》居《い》でも、ヒロインは最後まで抵抗《ていこう》するか、自ら命を絶《た》つと決まっています。ローズ＝アンドレさんが死よりも不名誉《ふめいよ》を選ぶなんて、誰《だれ》が想像《そうぞう》しえたでしょう」

レニーヌはこの事件《じけん》が面白くてたまらないらしく、さらにこう続けた。

「いや、まったく、映画のなかではこんなふうにことは運びません。だからぼくも間違《まちが》えてしまったんです。ぼくは初めから、『幸福な王女』の映画に沿《そ》って進んでいました。映画が残した足跡《あしあと》を、一歩一歩たどっていたんです。幸福な王女はこうふるまった、男はああ行動した……だからそのあとを追って、すべてを繰《く》り返していけばいいってね、でもそれは、大間違いだった。決まりきったストーリーとは反対に、ローズ＝アンドレさんは道をはずれ、ほんの数時間で犠牲者《ぎせいしゃ》が恋《こい》する王女さまに姿《すがた》を変えた。やってくれるじゃないか、ダルブレック。きみにはすっかり騙《だま》された。映画館でひげもじゃの、ゴリラみたいな野蛮人《やばんじん》を見せられれば、現実《げんじつ》でも恐《おそ》ろしい悪党《あくとう》だろうとつい思ってしまうからな。ところがどうして、立派《りっぱ》な二枚目《まいめ》ぶりだ。とんだ食わせ者さ」

レニーヌはまた楽しげに、両手をこすり合わせた。けれどもふと気づいて、彼《かれ》は手をとめた。オルタンスはもう聞いていない。ぐったりと寝《ね》こんでいたローズ＝アンドレが、目を覚ましたのだ。オルタンスは妹を抱《だ》きかかえ、こうささやいた。

「ローズ……ローズ。わたしよ。もうなにも心配いらないわ」

彼女《かのじょ》は抱《だ》きしめた妹をやさしくゆすりながら、小声で話しかけた。それを聞くローズ＝アンドレの顔に、苦しげな表情《ひょうじょう》が戻《もど》った。体をこわばらせてソファーにじっと腰《こし》かけ、ぼんやりと唇《くちびる》をかんでいる。

ここはそっと、苦しみに浸《ひた》らせておいたほうがいい、とレニーヌは思った。ローズ＝アンドレ本人が、よく考えたうえで決めたことだ。いくら理屈《りくつ》で諭《さと》しても無駄《むだ》だろう。

レニーヌは彼女に近づき、静かにこう言った。

「ご立派《りっぱ》だと思いますよ、ローズ＝アンドレさん。なにがあろうと愛する人を守り、その無実を証明《しょうめい》することが、あなたの義務《ぎむ》です。でも、あわてる必要はありません。彼《かれ》のためにもしばらくようすを見て、あなたは被害者《ひがいしゃ》なのだと思わせておくほうが得策《とくさく》でしょう。明日の朝、まだあなたの気持ちが変わっていなかったなら、どう行動したらいいのかを説明します。それまでは、お姉さまと部屋にいてください。出発の準備《じゅんび》をし、捜査《そうさ》で不利になるような書類は始末するんです。大丈夫《だいじょうぶ》……ぼくを信じて」

レニーヌはさらに長々と説得を続けた。ついにはローズ＝アンドレも根負けし、それなら待とうと約束した。

こうして一行は、クロ＝ジョリの田舎家《いなかや》で一夜を過《す》ごすことになった。食料は充分《じゅうぶん》にある。警官《けいかん》のひとりが夕食のしたくをした。

その晩《ばん》、オルタンスはローズ＝アンドレと同じ部屋で寝《ね》た。レニーヌとモリソー、それに二人の部下は居間《いま》のソファーを使い、あとの二人は怪我《けが》を負ったダルブレックの見張《みは》りをした。

なにごともなく夜が過ぎた。

翌朝《よくあさ》、早くに憲兵隊《けんぺいたい》が到着《とうちゃく》した。運転手のクレマンが、前日のうちに連絡《れんらく》しておいたのだ。ダルブレックは地方刑務所《けいむしょ》の医務室《いむしつ》に移送《いそう》されることになっていた。レニーヌは自分の車を使うように申し出た。そしてクレマンが、田舎家の前に車をまわした。

一階が騒《さわ》がしいのに気づき、オルタンスとローズ＝アンドレが寝室《しんしつ》からおりてきた。ローズ＝アンドレはなにか事をおこそうとするような、険《けわ》しい表情《ひょうじょう》をしている。そんな彼女《かのじょ》を、オルタンスは心配そうに眺《なが》めた。レニーヌはというと、平静そのものだ。

準備《じゅんび》が整い、あとはダルブレックと見張《みは》り番を起こすだけとなった。ところがモリソーが部屋に行ってみると、二人の警官《けいかん》は眠《ねむ》りこけ、ベッドはもぬけのからだった。ダルブレックは逃《に》げ出してしまったのだ。

この意外な展開《てんかい》にも、当初、警官や憲兵隊員《けんぺいたいいん》たちは大きな動揺《どうよう》を見せなかった。逃亡者《とうぼうしゃ》は脚《あし》を怪我《けが》しているのだから、すぐに捕《つか》まるはずだと思っていた。見張り番たちがもの音ひとつ聞かなかったのに、どうやって逃げ出したのかという謎《なぞ》にも、みんな無関心だった。どうせダルブレックは、果樹園《かじゅえん》にでも隠《かく》れているのだろうと。

すぐさま捜索《そうさく》が始まった。どんな結果になるかは明白だ。ローズ=アンドレは再《ふたた》び不安にかられ、主任警部《しゅにんけいぶ》のところへむかおうとした。

彼女のようすをうかがっていたレニーヌが、それを制止《せいし》した。

「なにも言ってはいけません」

「彼《かれ》が見つかってしまうわ……きっと撃《う》ち殺されてしまう」ローズ=アンドレは口ごもった。

「大丈夫《だいじょうぶ》、見つかりません」レニーヌは断言《だんげん》した。

「どうしてわかるの?」

「昨晩《さくばん》、ぼくが運転手の手を借り、彼を逃がしたからです。見張り番のコーヒーに、少しばかり眠り薬を入れてね。だから彼らは、もの音に気づかなかったんです」

ローズ=アンドレはびっくりして、言い返した。

「でも、彼は怪我をしているのよ。どこかに隠《かく》れて、苦しんでいるわ」

「そんなことはありません」

話を聞いていたオルタンスにも、それ以上のことはわからなかったけれど、不安はまったくなかった。彼女《かのじょ》はレニーヌを信頼《しんらい》していた。

「二か月もすれば、ダルブレックさんの傷《きず》は治ります。あなたの証言《しょうげん》で、彼《かれ》に対する疑《うたが》いも晴れるでしょう。そうしたら二人いっしょにアメリカに発《た》つと、約束していただけますか？」

「約束します」

「そして結婚《けっこん》すると？」

「ええ」

「では、こちらに来てください。一瞬《いっしゅん》たりとも気を抜《ぬ》かないように。すべてを台なしにしかねません」

レニーヌはあきらめ始めたモリソーを呼《よ》んで、こう言った。

「ぼくたちはローズ＝アンドレさんをパリにお送りして、必要な手当てをほどこします。捜査《そうさ》の結果がどうあれ——必ずや成果があるものと思っていますが——あなたはこの事件《じけん》のことで頭を悩《なや》まさずにすむはずです。今夜にでも警視庁《けいしちょう》に出むくつもりです。あそこには、いろいろつてがありますから」

レニーヌはローズ=アンドレに腕《うで》を貸《か》し、車へむかった。彼女は足がふらつくらしく、必死に腕につかまった。

「ああ、よかった。無事だったのね……ひと目でわかったわ」とローズ=アンドレはささやいた。

いつもはクレマンがいる席に悠然《ゆうぜん》とすわっていたのは、たしかにダルブレックだった。運転手の制服《せいふく》を着て、帽子《ぼうし》を目深《まぶか》にかぶり、大きな防風眼鏡《ぼうふうめがね》で目を隠《かく》している。

「さあ、乗って」レニーヌが言う。

ローズ=アンドレはダルブレックの隣《となり》にすわり、レニーヌとオルタンスは後部座《こうぶざ》席《せき》についた。なにも知らない主任警部《しゅにんけいぶ》が帽子を脱《ぬ》ぎ、車にむかってていねいにおじぎをする。

けれども二キロほど走った森の真ん中で、車を止めざるをえなかった。超人的《ちょうじんてき》な努力で痛《いた》みに耐《た》えていたダルブレックが、とうとう気を失ってしまったのだ。彼《かれ》を車のなかに寝《ね》かせて、レニーヌがハンドルを握《にぎ》り、オルタンスが助手席にすわった。ルーヴィエの手前でもう一度止まり、ダルブレックの古着を着て歩いていたクレマンを拾った。

それから数時間、沈黙《ちんもく》が続いた。車は順調に走っている。オルタンスはなにも言わなかった。昨夜の出来事について、レニーヌにたずねようとも思わなかった。遠《えん》征《せい》のこまごましたいきさつや、どうやってダルブレックを逃《に》がしたのかなど、どうでもいい。そんなことには関心がなかった。オルタンスはただ妹のことだけを考え、深い情熱的《じょうねつてき》な愛に感動していた。

パリが近づくと、レニーヌは手短に言った。

「昨夜、ダルブレックと話しました。宝石商《ほうせきしょう》殺しについては、たしかに無実のようです。彼は見かけによらず、正直でまっすぐな男ですね。心優《こころやさ》しく、献身的《けんしんてき》で、ローズ=アンドレさんのためならどんなことでもする覚悟《かくご》でいます」

それからさらに、こうつけ加えた。

「実に立派《りっぱ》な考えだ。愛する女性《じょせい》のためなら、なにもためらってはいけません。わが身を犠牲《ぎせい》にして、この世にある美しいものすべてを、喜びや幸福を捧《ささ》げねばならないのです。もし彼女《かのじょ》が退屈《たいくつ》していたら、わくわくするようなすばらしい冒険《ぼうけん》を用意してあげねば。感動のあまり笑い出すような……ときには涙《なみだ》ぐむような冒険を」

オルタンスは少し目をうるませ、体を震《ふる》わせた。二人をつなぐ恋《こい》の冒険についてレニーヌが触《ふ》れるのは、これが初めてだった。いまはまだ細い絆《きずな》だけれど、不可解《ふかかい》な事件《じけん》をひとつひとつ熱心に追うたびに、太く強固になっていく。どんな出来事も意のままに操《あやつ》り、戦うべき敵《てき》や守らねばならない味方の運命をもてあそぶ、この並《なみ》はずれた男のそばにいると、彼女は自分がなんと無力で危《あや》うい存在《そんざい》なのかを実感した。レニーヌは恐《おそ》ろしいと同時に魅力的《みりょくてき》だった。彼のことは導《みちび》き手のように感じることもあれば、恐るべき敵のように感じることもある。しかしいつも変わらず思うのは、なぜか気になり心ひかれる友人だということだった。

訳者あとがき

怪盗《かいとう》の代名詞《だいめいし》とも言うべきアルセーヌ・ルパン・シリーズには、『八一三』や『水晶《すいしょう》の栓《せん》』、『奇岩城《きがんじょう》』といった名高い長編《ちょうへん》のほかに、数多くの短編《たんぺん》があります。そもそもルパンが初めて登場したのも、「アルセーヌ・ルパンの逮捕《たいほ》」という短編によってでした。この作品は一九〇五年、作者のルブラン（一八六四〜一九四一）が友人の編集者《へんしゅうしゃ》ピエール・ラフィットの依頼《いらい》に応《おう》じて「ジュ・セ・トゥ（われ、すべてを知る）」という雑誌《ざっし》に発表したものです。

ここで描《えが》かれたルパンのキャラクターは、実にユニークなものでした。「その武勇の数々が、数か月前から新聞の紙上をにぎわしている謎《なぞ》の人物」、「芸術家肌《げいじゅつかはだ》の紳士《しんし》で、狙《ねら》いをつける先は貴族《きぞく》の城館《じょうかん》や金持ちのサロンと決まっている」というのです。奇想天外《きそうてんがい》なルパンの物語に読者は熱狂《ねっきょう》し、「獄中《ごくちゅう》のルパン」、「ルパンの脱獄《だつごく》」

と次々に続編が発表されました。それらをまとめて一九〇七年、シリーズの第一作である短編集『怪盗紳士ルパン』が生まれたのです。

本書でとりあげた「謎の旅行者」も『怪盗紳士ルパン』におさめられた一作で、パリからノルマンディー地方へ逃《のが》れるルパンが、列車のなかで出会った怪《あや》しげな男と対決する物語です。怪盗であるはずのルパンが探偵役《たんていやく》も引き受けるという、このシリーズの特徴《とくちょう》がよくあらわれています。

続く「赤い絹《きぬ》のショール」は、第二短編集『ルパンの告白』のなかの作品です。謎めいた冒頭《ぼうとう》、意外な展開《てんかい》、しゃれた結末と、短いなかにもミステリーのエッセンスが詰《つ》めこまれた、シリーズ屈指《くっし》の傑作《けっさく》短編です。ここに登場するガニマール主任《しゅにん》警部《けいぶ》はルパンの宿敵《しゅくてき》として、ほかの作品でもしばしば重要な役割《やくわり》を演《えん》じています。「アルセーヌ・ルパンの逮捕」では見事ルパンを捕《つか》まえるガニマールですが、その後はいつもやられっぱなしの、愛すべき名脇役《めいわきやく》といった感じです。

「塔《とう》のうえで」と「秘密《ひみつ》を明かす映画《えいが》」は連作短編集『八点鐘《はってんしょう》』からとった作品で

すが、本文のなかにはどこにもルパンの名が出てきません。けれども主人公のセルジュ・レニーヌ大公は、どう見てもルパンそのものです。それに作者のルブラン自身が「まえがき」のなかで、「レニーヌ大公が行う冒険《ぼうけん》の展開《てんかい》や彼《かれ》の手法、ふるまい、性格《せいかく》から見て、ルパンと同一人物だと思わざるを得ません」と言っているくらいですから、読者も安心して「レニーヌ大公＝ルパン」だと考えていいでしょう。

「塔《とう》のうえで」のなかでレニーヌ大公は、自らを「冒険者、冒険の愛好家」だと言っています。「冒険のない人生なんて生きるに値《あたい》しません」と。これこそルパンの真骨頂《しんこっちょう》です。どんな困難《こんなん》や危険《きけん》を前にしても、自分の知力や勇気、行動力を駆使《くし》し、嬉々《きき》として立ちむかっていくスーパーヒーロー、それがルパンなのです。

最後になりましたが、編集担当の大石好文《おおいしよしふみ》さん、小宮山民人《こみやまたみひと》さん、郷内厚子《ごうないあつこ》さんには大変お世話になりました。心から感謝《かんしゃ》いたします。

二〇一六年十一月

平岡《ひらおか》　敦《あつし》

| 作者 |

モーリス・ルブラン

Maurice Leblanc

1864年フランス・ルーアンに生まれる。繊維製造会社へ就職するも、なじめず辞職。パリで執筆業に精を出し作品を発表すると文壇で高い評価を得るが一般的には無名であった。40歳のとき、アルセーヌ・ルパンものが大評判となり、30年以上書き続けたシリーズは世界中で愛されている。晩年には文学への貢献により、レジオンドヌール勲章を授与される。1941年没。

| 訳者 |

平岡 敦

Atsushi Hiraoka

1955年千葉市に生まれる。早稲田大学文学部卒業。中央大学大学院修了。フランス文学翻訳家。『天国でまた会おう』で日本翻訳家協会特別賞を、『オペラ座の怪人』で日仏翻訳文学賞を受賞。ほかの訳書に『ルパン、最後の恋』『この世でいちばんすばらしい馬』『水曜日の本屋さん』などがある。

| 画家 |

ヨシタケ シンスケ

Shinsuke Yoshitake

1973年神奈川県に生まれる。筑波大学大学院芸術研究科総合造形コース修了。『りんごかもしれない』で第6回MOE絵本屋さん大賞第一位、第61回産経児童出版文化賞美術賞などを受賞。ほか作品に『しかもフタが無い』『結局できずじまい』『そのうちプラン』『りゆうがあります』などがある。

世界ショートセレクション ❶

ルブラン ショートセレクション
怪盗ルパン 謎の旅行者

2016年12月　初版
2024年 6 月　第16刷発行

作者　モーリス・ルブラン
訳者　平岡 敦
画家　ヨシタケ シンスケ
発行者　鈴木博喜
編集　郷内 厚子
発行所　株式会社 理論社
〒101-0062 東京都千代田区神田駿河台2-5
電話　営業03-6264-8890 編集03-6264-8891
URL https://www.rironsha.com
デザイン　アルビレオ
組版　アズワン
印刷・製本　中央精版印刷
企画・編集　小宮山民人　大石好文

ISBN978-4-652-20174-9　NDC953　B6判　19cm　207p

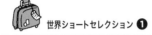